„Liebe ist nicht das Kribbeln im Bauch bei dem Gedanken an Dich. Sie ist auch nicht die Gänsehaut, wenn Du mich zärtlich berührst. Liebe ist die Gewissheit, dass wir beide uns unsere Seelen anvertrauen und damit umgehen, als wäre es die eigene!"

- Holger Langer

Eni Lu

Honigkuchenprinz

Bibliografische Information der Deutschen
Nationalbibliothek:
Die Deutsche Nationalbibliothek verzeichnet diese
Publikation in der Deutschen Nationalbibliografie;
detaillierte bibliografische Daten sind im Internet über
http://dnb.dnb.de abrufbar.

© 2017 Eni Lu

ISBN: 9783743162198

Herstellung und Verlag:
BoD – Books on Demand, Norderstedt

Foto: Kitja Kitja/Shutterstock.com

Inhaltsverzeichnis

Kapitel 1
Kapitel 2
Kapitel 3
Kapitel 4
Kapitel 5
Kapitel 6
Kapitel 7
Kapitel 8
Kapitel 9
Kapitel 10
Kapitel 11
Kapitel 12
Kapitel 13
Kapitel 14
Kapitel 15
Kapitel 16
Kapitel 17
Epilog
Danksagung
Über die Autorin
One-Way-Ticket

Kapitel 1

Linda

Ein Tag wie jeder andere. Seit zwei Jahren ist die Routine in meinem Leben kaum auszuhalten.
Aufstehen, Kaffee, Kippe.
Duschen, anziehen, schminken.
Arbeiten, zwischendurch rauchen, Kaffee und genau zwei Brötchen; eins mit Käse, eins mit Erdbeermarmelade.
Kurz in den Supermarkt, nach Hause, kochen, spülen, Kippe und Couch. Ich rauche zu viel und unternehme zu wenig.

Vor zwei Jahren hat mich meine Liebe verlassen, für eine dürre Schlampe. Ja, genau das ist sie, eine dürre Schlampe namens Mira. Keine Titten, keinen Arsch, aber dafür Geld wie Heu, dank reichem Daddy. Marius und ich waren sieben lange Jahre zusammen, er war *die* erste große Liebe, *meine* erste große Liebe und hat all das an einem Tag weggeschmissen. Dieser Tag ist heute genau zwei Jahre her und ich weiß, was heute Abend passieren wird. Meine beste Freundin Helena wird vor der Tür stehen, bepackt mit Schokolade, Wodka und hoffentlich ohne ihren Freund Felix. So gern ich ihn habe, heute Abend brauche ich geballte Frauenpower. So war es auch letztes Jahr an diesem Tag, nur mit Korn, den wir aber dank Übelkeit und Kopfschmerzen seitdem nicht mehr angerührt haben. Dazu gab es >P.S. Ich liebe dich< und ziemlich viel Heulerei. Er hat mich gebrochen. Ich stand an der Klippe, er hat mich geschubst. Helena hat mich aufgefangen, wie schon so oft in meinem Leben. Sie ist ein wahrer Engel, ihr Charakter ist einzigartig, genau wie ihre Verrücktheit. Sie ist genau einen Tag älter als ich, fast einen Kopf größer, hat kurze, fast weiße Haare und immer ein Lächeln auf den Lippen. Zudem hat sie einen wunderbaren Freund, ein eigenes Haus und einen sicheren Job als Grundschullehrerin. Sie hat all das, was ich mir wünsche und was habe ich? Zu wenig Alkohol im Haus!

„Du siehst scheiße aus."
„Ich sehe aus, wie ich mich fühle."
„Dann lass uns dich mal schön saufen."
Ich liebe diese Frau. Wir waren schon immer ehrlich zueinander, unser Erfolgsrezept dieser besonderen Freundschaft. Wir kennen uns schon fast ein Leben lang, sie ist meine Schwester von einer anderen Mutter, obwohl sie meine Eltern mit Mama und Papa anspricht, genauso wie ich ihre. Als wir 3 Jahre alt waren, haben sich unsere Eltern im Kindergarten kennengelernt und wir haben uns in diesem Moment lieben gelernt. Seitdem sind wir unzertrennlich, schon wahnsinnige 23 Jahre lang. Und wenn ich wahnsinnig sage, dann meine ich das auch so. Unsere Eltern hatten es keineswegs leicht mit uns, sodass sie ziemlich froh waren, als wir mit 19 Jahren zusammen in die Stadt gezogen sind. Die kleinen Dorfkinder in the big City, sie zog zu Felix in seine Wohnung mitten in der Stadt, Marius und ich hatten eine kleine Wohnung am Stadtrand. Hatten. Als er gegangen ist, konnte ich mir die Wohnung nicht mehr leisten und musste mir eine neue suchen. Dank Felix, dem Immobilienmakler meines Vertrauens (zudem noch

der Einzige den ich kenne), ging es relativ schnell und nun habe ich eine kleine 2-Zimmer-Wohnung mitten in der Stadt. Gerade genug zum Leben, dafür bezahlbar, trotz der Lage.

„Hast du schon einen Film ausgesucht?", dank der heutigen Technik ist zum Glück kein Besuch in der Videothek mehr nötig, was mir bei diesem Regen ganz recht ist.

„Noch nicht, such du einen aus, Fernbedienung liegt auf dem Fernseher."

„Wieso, in Gottes Namen, legst du die Fernbedienung immer auf den Fernseher?", jetzt ging das schon wieder los.

„Damit du doof fragen kannst!"

„Linda Hennings, du bist wirklich einzigartig!"

Vielleicht bin ich das. Ich liebe die Ordnung, aber bin pures Chaos. Ich liebe den Mond, aber hasse die Nacht. Ich liebe Katzen und mag keine Hunde, dafür lieben mich Hunde und Katzen meiden mich. Von Bananen wird mir schlecht und bei dem Geruch von Äpfeln muss ich niesen. Mein linkes Auge ist mehr braun als grün und mein rechtes Auge ist mehr grün als braun. Der Effekt ist extrem, daher können sich die meisten Menschen bei Gesprächen nicht entscheiden, in welches Auge sie gucken sollen. Alles in allem bin ich wohl eher eigenartig, als einzigartig. Naja, Hauptsache artig!

„Hast du dir das mit Samstag schon überlegt? Ich weiß, >Mimimi, ich geh nicht auf Partys, Mimini ich will keine neuen Bekanntschaften machen, Mimimi ich hasse Menschen< aber du musst mit! Maggie und Finn kommen auch, das wird lustig! Und ich verspreche dir: *kein* Verkuppeln!"

„Als würdest du dich *daran* halten, außerdem, weißt

du eigentlich wie anstrengend es ist mit zwei Pärchen auf eine beschissene Party zu gehen? Euch bekommt man mit ´ner Kettensäge nicht auseinander und Maggie und Finn sind nicht besser. Nein, danke!"

„Lindi, bitte! Außerdem bringt Finn noch seinen Cousin mit." War ja klar.

„Wie war das gerade noch mit >kein Verkuppeln<?"

„Ich weiß nicht, wovon du sprichst!"

Typisch. Der Rest des Abends wurde nicht mehr viel ereignisreicher, der Film war zu schön, die Schokolade zu lecker und der Wodka zu viel. Betrunken, dafür glücklich ging ich viel zu spät ins Bett und konnte es nicht abwarten, am nächsten Tag mit einem dicken Kater zu arbeiten.

>Es ist 06:00 Uhr früh, es wird ein sonniger Donnerstag. Wir wünschen allen einen wunderschönen Tag mit dem neuen Song von Justin Bi...<, und schon lag der Radiowecker auf dem Boden.

„Leckt mich mit eurer guten Laune am Morgen, das hält ja kein Mensch aus!"

Da war er, der Kater! Die Kopfschmerzen lagen auf einer Skala von 1 bis 10 ungefähr bei 12. Wenn mir das Aufstehen sonst keine Probleme bereitet, heute hatte ich das Gefühl, mit drei Spanngurten am Bett gefesselt zu sein. Aber was muss, das muss und los geht die täglich Routine.

Schon beim Zähneputzen kam die erste SMS:

Helena: Ich. Bin. Tot!
Linda: Tote können nicht texten!
Helena: Dann bin ich eben eine lebendige Tote!
Linda: Nächstes Jahr gibt es nur warme Milch mit

Honig.
Helena: Du glaubst doch nicht, dass du dem Wichser nächstes Jahr noch immer hinterher trauerst?
Linda: Momentan sehe ich keine Besserung.
Helena: Lindi, du brauchst dringend 'nen Neuen! Das geht so nicht weiter! Du bist jung, hübsch und intelligent! Jeder Mann hätte gerne eine Frau wie dich an der Seite!
Linda: Ich brauche aber keinen Mann! Diskussion beendet!
Helena: Dann lass dich doch wenigstens mal durchvögeln! Vielleicht ist ein One-Night-Stand genau das, was du brauchst! Du hattest erst einen Mann in deinem Leben, du musst einfach mal was Neues ausprobieren und schon denkst du nie wieder an dieses Arschloch!
Linda: DISKUSSION BEENDET!
Linda: Außerdem habe ich verlernt, wie das geht. Jungfrau 2.0! Und jetzt ab mit dir in den Unterricht und sei ein gutes Vorbild, du Schnapsdrossel!
Helena: Wir finden schon einen für dich. Entjungferung 2.0! Und zwar Samstag! Keine Ausreden!

Vielleicht hat sie recht, aber die Angst noch mal so verletzt zu werden ist einfach viel zu groß.
Auf dem Weg zur Arbeit halte ich an der kleinen Bäckerei >Honigkuchen< an, wie jeden Morgen, um meine Brötchen und einen Kaffee zu holen. Selbst hier bietet sich jeden Tag dasselbe Bild: in der Schlange vor mir stehen zwei Kinder, ein Junge und ein Mädchen, mit riesigen Schulranzen. Die Mutter sitzt draußen im Auto und wartet. Hinter mir steht ein genervter Vater, dessen Kinder im Auto sitzen. Und

auf einmal geht die Tür auf. Noch bevor ich ihn sehe, fühle ich schon das Kribbeln im Nacken, welches mir seine Anwesenheit schon vor Blickkontakt bestätigt. Jeden Morgen aufs Neue frage ich mich, wie schön ein Mensch sein kann. Er ist groß, hat kurze braune Haare, volle dunkle Augenbrauen, die dunkelsten Augen die ich je gesehen habe und ein Lächeln, das nicht von dieser Welt ist. In seinem schwarzen Anzug sieht er zum Anbeißen aus. Ein wahrer Traummann und bestimmt ein Arschloch. Genau wie Marius.

„Einen wunderschönen guten Morgen, Linda. Ein Brötchen mit Käse, eins mit Marmelade und einen Kaffee?", die Besitzerin der kleinen Bäckerei erinnert mich an meine Großmutter. Klein, pummelig, graue Haare und immer dieses besondere Lächeln auf den Lippen, dass einen nur noch an das Gute glauben lässt.

„Guten Morgen, Rosi. Mach heute bitte einen doppelten."

„Oh, Kindchen. Hast du schlecht geschlafen? Möchtest du drüber reden?"

„Nein, alles gut. Mach dir keine Sorgen. Bei Vollmond finde ich nie viel Schlaf!", und das ist noch nicht mal gelogen.

„Na gut, das macht dann 5,75 €!"

Während ich vergebens nach meinem Portemonnaie suche, verdammter Wodka, kann ich den nervösen Vater hinter mir schon auf die Uhr tippen hören.

„Rosi, ich habe mein Portemonnaie Zuhause vergessen. Kann ich dir das Geld morgen mitbringen?"

„Kein Problem, Kindchen. Ich wünsche dir einen erfolgreichen Tag!"

„Du bist die Beste! Danke und bis morgen!"

Und jetzt kommt er, der schönste Moment am ganzen Tag. Ich gehe an *ihm* vorbei! Mit seiner unglaublich dunklen Stimme, die mir einmal durch den kompletten Körper zieht und genau in meinem Unterleib endet, diesem unglaublich männlichen Duft und diesem Lächeln, diesem 5-Millionen-Euro-Honigkuchenpferd-Lächeln schenkt er mir ein >guten Morgen<. Jesus!
„Guten Morgen", meine Stimme klingt nach genau der Nacht, die ich hinter mir habe. Fuck!

Ich war selten so glücklich über die Tatsache, dass ich ein eigenes Büro habe. Es ist zwar genau das neben dem Chef, aber wir verstehen uns sehr gut, sind ein eingespieltes Team. Seid nun 8 Jahren arbeite ich in dieser Firma und bin mittlerweile Chefsekretärin, was mir Spaß macht und ziemlich viele Vorzüge bringt. Immerhin sitze ich direkt an der Quelle und habe sogar Mitspracherecht. Mein Büro besteht aus einem großen Schreibtisch mit einem bequemen Sessel, zwei Aktenschränken, einem kleinen Sofa mit Tisch und einer Garderobe.
„Guten Morgen, Frau Hennings! Wie geht es Ihnen heute?"
„Mir geht's gut und Ihnen, Herr Bertels? Haben Sie das Spiel gestern gewonnen?", mein Chef ist ein leidenschaftlicher Tennisspieler und nimmt sich jeden Mittwoch früher frei, um seinem Hobby nachzugehen.
„Aber natürlich, wie immer! Bringen Sie mir gleich den Bericht von Herr Mauser rein? Und um halb 10 möchte ich gerne alle Mitarbeiter im Besprechungszimmer sehen."
„Kein Problem! Ist schon so gut wie erledigt!"
Und kurz, nachdem ich auf meinem Platz saß, um

die E-Mail für die Mitarbeiterversammlung zu schreiben, spürte ich es wieder, dieses Kribbeln im Nacken. Fast täglich um kurz nach 8 Uhr war es da, als würde genau *er* hinter mir stehen und das Ganze wiederholt sich meist noch am Mittag. Wie jeden Tag drehe ich mich um, aber hinter mir ist nur die große Fensterwand, die Einblick auf das gegenüberliegende Gebäude bietet. Wie oft habe ich mir schon gedacht, dass er hinter einem der Fenster stehen könnte, aber Fehlanzeige. Jedes Einzelne habe ich beobachtet, er war nie zu sehen. Auch wenn ich keinerlei Interesse an einer Beziehung habe, dieser kleine Moment am Morgen und diese unglaubliche Anziehungskraft, das Kribbeln und die Reaktionen meines Körpers auf seine Stimme erfreuen mich jeden Tag aufs Neue.

Helena: Gott sei Dank! Meine erste Stunde fällt aus, hast du Zeit für Kaffee und Kippe?

Die Schule, in der Helena arbeitet, ist zu Fuß nur ca. 5 Minuten von meinem Büro entfernt. Da sich unsere Pausenzeiten aber leider nicht überschneiden, ist es uns so gut wie nie gegönnt, diese zusammen zu verbringen.

Linda: In 10 Minuten vorm Gebäude, Kaffee hab ich noch!

„Ich hab wirklich gedacht, ich muss sterben! Felix musste mich quasi aus dem Bett treten. Ich trinke nie wieder!"
„Das sagst du jetzt und am Samstag bist du eh wieder voll!"
„Nein, immerhin wirst du dabei sein und mich

stoppen!"

„Erstens: ich bin nicht dein Babysitter. Zweitens: keine Ahnung, ob ich überhaupt mitkomme. Drittens: unterrichtest du seit Neuestem auch Biologie?"

„Erstens: das musst du auch nicht sein, ich bin die Ältere. Zweitens: DU.KOMMST.MIT. Drittens: Nein, immer noch Deutsch und Erdkunde, warum?"

„Weil deine Bluse so weit offen ist, dass du auch locker Sexualkunde unterrichten könntest. Am lebenden Modell!"

„Manno, dieser scheiß Knopf ist schon wieder ab. Naja, ich muss eh wieder los."

Und dann berühren wir mit unseren Zeigefingern die Nasenspitze des anderen. Schon seit wir uns kennen ist das unser Ding und bedeutet so viel wie >ich hab dich lieb<.

Der weitere Tag verlief wie immer, das Meeting war kurz aber fordernd, das Telefon klingelte ununterbrochen und trotzdem habe ich alle Unterlagen bearbeiten können. Im Supermarkt wurde alles für einen Nudelauflauf eingekauft, der dann gekocht, verspeist und genossen wurde. Nach dem Spülen saß ich endlich mit einer Zigarette und einem Glas Weißwein auf dem Sofa. Als mein Handy klingelt, stockte mir erst mal der Atem.

>Marius hat ein neues Foto hochgeladen<

Aus Neugierde, und weil ich wahrscheinlich ein kleiner Masochist bin, öffne ich das Bild natürlich sofort und stehe kurzzeitig unter Schock. Auf dem Bild ist er mit der dürren Schlampe Mira. Darunter steht: >Auf dem Weg zum Flughafen! Thailand, wir kommen!<

Und sofort ist meine Laune noch mehr im Keller. Thailand, das war unser Traumziel. Kurz vor der

Trennung war ich noch im Reisebüro um mich zu informieren, ich wollte ihn so gerne mit der Reise überraschen. Und jetzt fliegt er mit *ihr* dahin. Mit der dürren, reichen, blonden Schlampe! Früher sagte er mir immer, ich wäre die perfekt Frau, von innen und von außen. Scheinbar hat sich innerhalb kürzester Zeit seine Wahrnehmung geändert. Die dürre Schlampe ist das genaue Gegenteil von mir. Sie ist groß, schlank, hat keinen Hintern und wenig Brust, ihre blonden Haare sind verlängert und ihre Fingernägel angeklebt. Ihre Lippen aufgespritzt, die Wimpern unecht und das Make Up wiegt mal mindestens 3 Tonnen. Ich hingegen bin nur 1,66 m groß, habe einen festen, runden Hintern, eine schmale Taille, Körbchengröße 75C, schulterlange braune Haare und bin meistens kaum geschminkt. Alles in allem bin ich zufrieden mit mir und genau aus dem Grund brauche ich keinen Mann, der mir das sagt und mich dabei wahrscheinlich eh nur anlügt. Im Endeffekt landen sie ja doch alle bei diesen plastischen Huren. Bevor ich mich noch weiter aufrege, kippe ich den Wein runter und gehe ins Bett, kuschle mich unter meine Decke und hoffe schnell Schlaf zu finden.

>Es ist 06:00 Uhr früh, es wird ein wolkenloser Freitag. Wir wünschen allen einen wunderschönen Tag, einen tollen Feierabend und einen guten Start ins Wochenende mit dem neuen Song von Nickelb…<, und schon wieder liegt der Wecker auf dem Boden. Zum Glück habe ich damals nicht daran gespart, sonst könnte ich mir wöchentlich einen Neuen kaufen.

„Können die denn nicht EINMAL gute Musik am Morgen spielen?"

Gut, meine Laune hat sich über Nacht nicht viel

gebessert, noch immer schwirren Marius und die dürre Schlampe in meinem Kopf rum. Dabei sind sie ja grade in Thailand. Ich könnte kotzen. Auch mein Spiegelbild verrät mir, dass ich diese Nacht genauso wenig Schlaf gefunden habe wie in der Letzten. Zum Glück war dieses Mal nicht der Wodka schuld, so kann ich wenigstens ohne Kopfschmerzen meine morgendliche Routine beginnen. Nachdem ich mich heute mehr herausgeputzt habe als sonst, da ein wichtiger Termin mit einem Kunden ansteht, stelle ich mich für einen letzten Check vor meinen Flurspiegel. Ich kann wirklich zufrieden sein, mein grauer Blazer passt perfekt über die verrucht ausgeschnittene Bluse, der schwarze, knielange Bleistiftrock sitzt wie eine zweite Haut und dann diese Schuhe. Beim letzten Besuch meiner Eltern, ging ich mit meiner Mutter shoppen und es gibt keine Frau auf der Welt, mit der man das besser machen kann! Sie hat einen kleinen Laden gefunden, der mir vorher nie aufgefallen ist und genau da standen sie. Schwarze, 9 cm hohe, offene Glitzerschuhe. Die Riemchen sind nicht gerade, sondern schwingen sich wie ein Tribal um den Fuß. Liebe auf den ersten Blick. Wenn es sie nicht bei Männern gibt, bei Schuhen gibt es sie ganz sicher. Und dank diesem paar Schuhe, werde ich heute, trotz Thailand-Mordgedanken, stolz durch die Gegend laufen.

„Guten Morgen, Kindchen! So schick heute! Du siehst toll aus! Wie immer, Brötchen und Kaffee?"
„Danke Rosi, dir auch einen guten Morgen! Ja alles so wie immer und heute habe ich sogar Geld dabei."
Ein Seufzer hinter mir, der ungeduldige Vater hat es mal wieder eilig.

„Linda, Schatz. Um die Bestellung von gestern musst du dir keine Sorgen machen, die wurde schon bezahlt!"

Und dann war es wieder so weit. >Ding-Dong< die Tür ging auf, es kribbelte sofort. Er stand bestimmt noch in der Tür, aber es war, als würde er direkt hinter mir stehen, als könnte ich seinen Atem in meinem Nacken spüren.

„Wie, die wurde schon bezahlt? Von wem?", verwirrt sah ich sie an und ihr Blick sagte alles. Sie zwinkerte und nickte zu IHM. Ich drehte mich langsam um, als ob mich jeden Moment ein wildes Raubtier anfallen würde, wenn ich mich schneller bewege. Und was tat er? Er lächelte.

„Ehm… ich werde… ich… ehm…", ich konnte keinen normalen Satz mehr rausbringen. Wir hatten noch nie mehr als ein >guten Morgen< ausgetauscht. Außerdem schaute er mir genau in die Augen. Er sah nicht hin und her, weil die verschiedenen Augenfarben so verwirrend waren, nein, er schaute mir einfach in die Augen. Als hätte er diese schon 1000-mal gesehen.

„Ich werde Ihnen das Geld natürlich zurückge…"

„Könnten Sie sich vielleicht mal beeilen und vorher Ihre Brötchen bezahlen? Ich habe nicht ewig Zeit!", natürlich konnte der ungeduldige Vater hinter mir nicht noch 2 Minuten warten und musste diesen Moment kaputtmachen. Genau jetzt, wo ich doch gerade meine Sprache gefunden hatte. Also bezahlte ich Rosi und wünschte ihr noch einen schönen Tag. Noch mit dem Portemonnaie in der Hand ging ich zu ihm. Ich stand nun genau vor ihm. Trotz meinen hohen Schuhen ging ich ihm lediglich bis zum Kinn und konnte so genau auf seine durchtrainierte Brust schauen, die sich unter dem engen, weißen Hemd leicht zu erkennen gab. Als wäre das Kribbeln nicht genug, jetzt wurde mir auch noch heiß und das sollte nicht alles bleiben. Denn da war ja noch seine Stimme und die schoss mir bekanntlich Blitze in alle möglichen Körperteile.

„Kommen Sie bloß nicht auf die Idee mir das Geld zurückzugeben, ich kenne das Problem mit dem Mond und wir Werwölfe müssen doch zusammenhalten!"

OH.MEIN.GOTT.

Als hätte der Satz noch nicht gereicht, schloss er das Ganze noch mit einem Lächeln-Zwinkern-Gemisch ab.

„Da haben Sie natürlich recht, Herr…?"

„Thielemann. Julian Thielemann."

„Thielemann? Wie die Anwaltskanzlei Thielemann & Söhne?"

„Ja genau. Sie kennen also die Kanzlei meines Vaters?"

„Ich arbeite direkt gegenüber, in der Werbeagentur Bertels und muss auch eigentlich schon los. Vielen Dank für die Brötchen und den Kaffee. War nett Sie kennenzulernen, Herr Thielemann!"

„Das kann ich nur so zurückgeben. Ich wünsche Ihnen einen schönen Tag, Frau Hennings!"

Kapitel 2
Julian

Oh, Fuck!
Hat sie mir ihren Namen schon gesagt?
Ich kann mich einfach nicht dran erinnern.
Okay, ganz ruhig. Geh das ganze Gespräch noch mal durch. Werwölfe, Kanzlei, direkt gegenüber…
F.U.C.K.!
Ich habe sie mit ihrem Nachnamen angesprochen, den sie mir noch nicht einmal genannt hat. Thielemann, da hast du dich mal wieder selbst übertroffen! Nicht, dass sie eh schon flüchten wollte, weil sie jetzt wahrscheinlich gemerkt hat, dass du sie wirklich immer beobachtest, NEEEEIN, du musstest dich jetzt auch noch als absoluten Stalker erkenntlich geben! Und jetzt ist sie weg, geflüchtet aus der Bäckerei, die du nur wegen ihr besuchst.

„Du hast was?"
„Ich habe sie mit ihrem verdammten Nachnamen angesprochen! Alter, Fuck! Was soll ich jetzt machen?"
Mein Bruder guckt mich entsetzt und gleichzeitig belustigt an. Genau das habe ich jetzt verdient.
„Und du bist dir sicher, dass sie sich dir nicht vorgestellt hat?"
„Philip, ich bin mir 100 % sicher!"
„Du steckst echt knietief in der Scheiße!"
Danke, das wusste ich selbst.
Und jetzt saßen wir hier, in meinem Büro, mit Blick auf ihres gerichtet und ich weiß, dass sie es merkt.

Schon seit unserer ersten Begegnung herrscht diese unausgesprochene Spannung zwischen uns. Der ganze Körper kribbelt, die Atmung wird schneller und ungleichmäßig, alles in meinem Körper schreit nach *ihr*. Gefühle, die ich bisher nicht kannte. Beziehungen haben mich noch nie gereizt. Schon als jugendlicher konnte ich keine Beziehung länger als 2 Wochen halten, wenn ich überhaupt eine eingegangen bin. Jetzt bin ich 29 Jahre alt, hatte seit 3 Jahren keinen Sex mehr und kann seit 4 Monaten nur noch an eine Frau denken, die ich kaum kenne und mit der ich es mir wahrscheinlich vor einer Stunde versaut habe.

„Wenn du sie morgen wiedersiehst, sagst du ihr einfach, dass du ihren Namen gehört hast, als sie in der Bäckerei angesprochen wurde!"

„Das habe ich mir auch überlegt, sie wird aber von der Besitzerin nur mit Vornamen angesprochen! Außerdem haben wir morgen Samstag, da sehe ich sie nicht."

„So hast du wenigstens Zeit übers Wochenende nach einer Lösung zu suchen. Wie wäre es morgen Abend mit einem Bier im >Vivo<? Maria ist auf irgendeiner Babyparty bei einer Freundin, ich hätte also noch mal Zeit für meinen kleinen Bruder."

„Habe ich eine andere Wahl?"

„Nein."

„Ich hole dich um 21:00 Uhr ab!"

Ich bin ein Feigling. Ich hätte sie schon vor Wochen ansprechen können, nein, ich hätte sie ansprechen *müssen*. Wenn sie mir nicht jedes Mal die Sprache verschlagen würde. Eine ganze Stunde habe ich für den Satz mit dem Werwolf gebraucht und eine weitere Stunde habe ich vor dem Spiegel gestanden und geübt. Normalerweise fällt es mir leicht mit Frauen zu sprechen, gerade weil ich ständig angesprochen werde. Ich weiß, dass ich ein attraktiver Kerl bin und früher habe ich es oft ausgenutzt, mittlerweile langweilen mich die Frauen, die sich mir an den Hals schmeißen. Deswegen hatte ich auch schon so lange keinen Sex mehr und er fehlt mir erst, seit ich sie getroffen habe. Vor knapp einem halben Jahr bin ich hierhergekommen, um in der Hauptkanzlei meines Vaters zu arbeiten. Vorher habe ich seine Kanzleien in ganz Deutschland unterstützt, bin von Stadt zu Stadt gereist. Auch mein Aufenthalt hier wird nicht von Dauer sein, im Normalfall halte ich mich ca. ein Jahr an jedem Standort auf. Aber seit 4 Monaten hat sich mein Leben auf komischste Weise verändert, sodass ich gar nicht wegwill, als ich sie an einem späten Nachmittag vor der Kanzlei gesehen habe. Sie hat mich sofort in ihren Bann gezogen und das Kribbeln war da. Ich bin zu ihr gegangen und wollte sie ansprechen, aber ich konnte es einfach nicht. Ich stand vielleicht noch 3 Meter von ihr entfernt und konnte in ihre Augen sehen, so etwas Schönes habe ich in meinem Leben noch nicht gesehen. Seit ich in diese Augen gesehen habe, weiß ich, das Liebe auf den ersten Blick existiert.

„Bro, wir suchen dir heute was zu vögeln, das geht so nicht weiter! Du kennst diese Frau gar nicht! Du musst sie dir aus dem Kopf schlagen!"
„Genau da liegt das Problem. Ich *will* sie ja kennenlernen! Und ich brauche keine Hure zum drüber rutschen. Ich würde wahrscheinlich eh keinen mehr hochbekommen, es gibt halt nur noch sie in meinem Kopf! Du müsstest das Gefühl kennen, du

bist verheiratet!"

„Das ist was vollkommen Anderes, ich bin verheiratet, du bist *besessen!*"

„Lass uns einfach reingehen, bei deinem dummen Geschwätz *brauche* ich jetzt ein Bier!"

Der Club war ganz okay, auf dem Programm stand eine Flotter-Dreier-Party, drei Getränke zum Preis von einem. Im oberen Bereich gab es eine Theke und mehrere Sitzmöglichkeiten, im unteren Bereich eine große Tanzfläche. Wir steuerten natürlich sofort die Theke an, setzten uns auf unbequeme Barhocker und bestellten uns Bier, die für den schon recht gut befüllten Club schnell serviert wurden.

„Hast du dir denn schon was wegen dem >Ich-Trottel-habe-sie-mit-dem-Nachnamen-den-ich-garnicht-kennen-dürfte-angesprochen-Problem< überlegt?"

„Nope, keine Ahnung was ich sagen soll. Es ist ja nicht so, dass ich ein Stalker bin, ich gucke sie halt einfach nur gerne an und genieße ihre Nähe!"

„Du *bist* ein Stalker! Das geht jetzt schon monatelang so, wenn du so starke Gefühle für sie hast, dann geh endlich mal aufs Ganze!"

„Der perfekte Moment wird wohl noch kommen!"

Ich hatte den Satz noch nicht komplett gesprochen, als ich dieses Kribbeln im Nacken spürte. Ihren Blick auf mir. Ihren Blick, mit den schönsten Augen des Universums.

Ich bin dermaßen am Arsch!

Kapitel 3
Linda

„Absoluter Stalkeralarm!"
„Helena, reg dich ab, dafür gibt es bestimmt eine ganz logische Erklärung!", ob ich mir diesen Satz selber glauben konnte, wusste ich nicht. Was, wenn er mich wirklich bei der Arbeit beobachtet hat? ... Das kann nicht sein, ich bin jedes Fenster durchgegangen und habe nie etwas Auffälliges gesehen. Außerdem ist das alles viel zu verrückt. Wie sollte ich denn bitte seine Blicke auf mir *spüren*? Das kann alles nur Einbildung sein. Angefangen hat dieses seltsame Kribbeln, als ich vor ungefähr 4 Monaten vor *seiner* Kanzlei stand, um mir an einem Food Truck etwas zu essen zu holen. Ich mache selten Überstunden, denn die bringen mich aus meiner täglichen Routine. Um mir dann den Gang zum Supermarkt zu sparen, muss ich nur über die Straße laufen, um mir was zu holen, die Auswahl ist jedenfalls riesig. An dem besagten Tag ging ich zu dem Stand mit den italienischen Spezialitäten und holte mir ein Stück Pizza mit Salami und Pilzen. Kurz, nachdem ich die Bestellung aufgegeben hatte, hat es angefangen zu kribbeln. Ich dachte wirklich, jemand steht hinter mir und pustet mir ganz vorsichtig und gefühlvoll in den Nacken. Ich habe mich sofort panisch umgedreht, es hätte ja auch wirklich so sein können, gibt ja genug Perverse auf dieser Welt. Nichts. Sehr viele Menschen, aber kein perverser Nackenpuster. Das Gefühl hielt so lange an, bis ich wieder in meinem Büro saß. Diesen Moment bin ich seid dato ständig in meinem Kopf rauf- und

runtergegangen, aber ich kann mich nicht erinnern, *ihn* gesehen zu haben. Es waren einfach zu viele Menschen auf einem Fleck.

„Erde an Linda, Haaalllooo? Bist du noch dran? Ich muss auflegen. Felix kommt jetzt von der Arbeit und ich hab noch nichts gekocht. Morgen holen wir dich um 20:00 Uhr ab und zieh dir was Schönes an, Finns Cousin ist echt richtig heiß!"

„Sorry, war grade in Gedanken. Oh man, muss ich mit? Ich hab wirklich, wirklich keine Lust! Erst recht nicht, wenn ihr schon wieder so eine dämliche Verkupplungsaktion startet! Ich. Will. Und. Brauche. Keinen. MANN!"

„Du brauchst vielleicht keinen Mann, aber du brauchst Sex! Und es ist wirklich nichts Schlimmes daran, das mit einem heißen Kerl zu tun. Du musst ihn ja nicht direkt heiraten! Also, keine Widerrede, 20:00 Uhr vor deiner Tür. Mit großem Ausschnitt und kurzem Rock! Hab dich lieb!"

Ich werde also morgen Abend ausgehen. Das hat ja super geklappt.

„Wow, du siehst ja richtig heiß aus!"

„Felix, das tut sie nicht! Warum kein Rock und wo, um Himmels willen, ist der große Ausschnitt?"

Da ich mich nur in dem Club und nicht auf dem Strich aufhalten wollte, habe ich mich lediglich für eine schwarze Röhrenjeans, meine wunderbaren, schwarzen Glitzerschuhe und einem weißen Top entschieden, dass einen leichten Ausschnitt vorne, dafür aber einen großen Ausschnitt am Rücken hatte. Dieser reichte fast bis zum Steißbein und sah einfach nur atemberaubend aus. Das konnte Helena aber nicht wissen, da ich meine braune Lederjacke noch anhatte.

Da wird sie ganz schön blöd gucken, aber erst im Club, soll sie ruhig noch ein bisschen meckern.

„Reg dich ab, Maus. Immerhin bin ich nur da um Spaß zu haben, wie war das noch gleich? >kein Verkuppeln<, >nicht direkt heiraten<? Ich werde jetzt erstmal Spaß haben und dem guten, alten Alkohol frönen! Und danke, Felix!"

Und schon hatte er einen dicken Schmatzer auf der Wange. Helena hat wirklich einen Glücksgriff gehabt, Felix ist einfach zu gut. Es Ist ein erfolgreicher Immobilienmakler, unterstützt Hilfsorganisationen, wo er nur kann, hilft im Haushalt und ist immer für Helena und ihre Freunde da. Außerdem sieht er ziemlich gut aus. Mein Typ ist es nicht, da sind wir uns zum Glück noch nie in die Quere gekommen.

Im Club angekommen, fiel mir auch schon Maggie um den Hals. Da ich die kleinste in der Runde bin, hatte ich zuerst mal ihre riesigen Brüste im Gesicht und sie machte auch nicht den Anschein, dass es ihr viel ausmacht. Als ich dann endlich wieder atmen konnte, begrüßte ich Finn, der mir auch sofort seinen Cousin Kristof vorstellte.

Wow.

Helena hat keine falschen Versprechungen gemacht. Er war wirklich *richtig* heiß. Wenn man ihn mit einer Badehose an den Strand stellen würde, er wäre der perfekte Surfer Boy. Blonde, etwas längere Haare, von denen sich ein paar Strähnen auf seine Stirn verirrt hatten. Ein weiches Gesicht, mit himmelblauen Augen, einer geraden Nase und vollen Lippen. Nicht unbedingt groß, ich würde ihn auf 1,75 m schätzen. Durch meine hohen Schuhe hatten wir also nicht viel Größenunterschied, was ich aber absolut nicht schlimm fand. Dazu war er muskulös, was man durch sein mintgrünes, enges T-Shirt gut erkennen konnte.

„Hi, du musst Linda sein, ich bin Kristof. Du darfst mich aber gerne Kris nennen. Willst du was trinken?", und auch noch ein Gentleman. Vielleicht sollte es ja heute doch noch die Entjungferung 2.0 geben! ... Nein, das musste ich mir sofort aus dem Kopf schlagen. Alleine, weil ich Helena nicht die Genugtuung geben wollte, dass sie recht hat.

„Ich würde erst mal ein Bier nehmen."

„Okay, als Biertrinkerin hätte ich dich jetzt nun wirklich nicht eingeschätzt. Du weißt aber schon, dass du jetzt direkt drei Stück bekommst? Heute ist Flotter-Dreier-Party!"

„Damit kann ich umgehen, sollen wir uns zu den anderen setzen?"

Als wir an den Tisch gingen, konnte ich schon das Strahlen in Helenas Augen sehen. Ja, er gefiel mir. Nur weil ich Beziehungen abgeschworen habe, heißt es ja nicht, dass ich mir nicht gerne schöne Menschen angucke oder mit ihnen spreche. Schöne Menschen wie Julian Thielemann zum Beispiel. Warum bekomme ich diesen Mann einfach nicht aus dem Kopf?

„Uuuuund? Wie findest du ihn?", Maggie und Helena konnten meine Antwort scheinbar kaum erwarten.

„Ich finde ihn sehr nett!"

„Nett ist der kleine Bruder von scheiße! Guck ihn dir doch mal an! Perfekt für die Entjungferung!"

Maggie guckte uns nur verwirrt an, sie wusste noch nichts von meiner zweijährigen Enthaltsamkeit.

„Entjungferung?"

„Ja, Linda hatte, seit sie mit Marius auseinander ist,

keinen Sex mehr. Seit zwei Jahren! Kannst du dir das vorstellen?"

„Meine Güte, Linda. Du musst unbedingt flachgelegt werden! Kein Wunder, dass du immer so gereizt bist!"

„Maggie, jetzt fang du nicht auch noch damit an. Außerdem, könntet ihr vielleicht noch etwas lauter reden? Bestimmt haben die Leute auf den Toiletten noch nichts von meinem Sexleben mitbekommen!"

„Von welchem Sexleben du auch immer sprichst, du hast nämlich keins!", Helena hatte ja so recht, aber muss man denn unbedingt eins haben? Zudem habe ich eine komplette Nachttischschublade voller Spielzeug, mit dem ich mir schon das hole, was ich brauche. Also doch ein Sexleben, und zwar mit mir selbst.

Da mir das Gespräch mit den beiden zu blöd wurde, setze ich mich neben Kris. Wenn ich es mir genau überlege, war das vielleicht genau der Trick. Diese zwei hinterlistigen Weiber.

„Kris, erzähl mir mal was über dich. Wie alt bist du? Was machst du beruflich?"

„Ich bin 27 Jahre alt und bin Schornsteinfeger. Du darfst dich jetzt auch gerne an mir reiben, das bringt nämlich Glück!", witzig ist er auch noch, wird ja immer besser. Wir unterhielten uns noch gut eine halbe Stunde, bis die Mädels auf die Idee kamen, tanzen zu gehen. Da die Tanzfläche ziemlich voll war, mussten wir uns mit einem Platz am Rand begnügen. Felix, Kris und Finn gesellten sich zu uns und wir tanzten alle ausgelassen auf einem aktuellen Hit, den ich schon oft im Radio gehört hatte. Ich ließ meine Hüften kreisen, war voll in meinem Element. Schon als Kind habe ich unglaublich gerne getanzt. Als Kris sich hinter mich stellte und seine Hände auf meine

Hüfte legte, weil er meine Bewegungen scheinbar als Einladung sah, drehte ich mich mit einer schwungvollen Drehung aus seinen Fängen. In diesem Moment glitt mein Blick Richtung Theke und jede Faser meines Körpers begann zu kribbeln.

„Linda? Stimmt irgendwas nicht?"
Ich stand wie erstarrt auf der Tanzfläche, meinen Blick auf dieses unglaublich schöne Profil gerichtet, das einen leicht grinsenden Ausdruck hatte.
„Linda? Hast du einen Schlaganfall?", Helena schob sich in mein Sichtfeld.
„Er ist hier."
„Wer ist hier?"
„Na, *er*!"
„Der Stalker? Wo ist er? Den muss ich sehen!"
„Er ist kein Stalker! Er sitzt dahinten an der Theke, hat ein schwarzes Hemd an und redet mit einem mit ´nem weißem T-Shirt. Guck jetzt bloß nicht so auffällig hin!", und schon drehte sie sich um, streckte dabei noch ihren Hals und es hat nur noch gefehlt, dass sie einen blinkenden Leuchtpfeil in der Hand hält, auf dem >hier ist sie< steht.
„Also, wenn schon einen Stalker, dann bitte so einen. Warum hast du mir nie erzählt, dass er der fucking >sexiest man alive< ist? Vergiss Kris, *den* Kerl dahinten musst du flachlegen!"
„Komm mal wieder runter, vielleicht hat er mich ja noch gar nicht bemerkt. Lass uns bitte einfach weiter tanzen, okay?"
Meine Verwirrung überspielend, schob ich sie vor mir weg und drehte mich wieder in unseren >Tanzkreis<. Ob er mich bemerkt hat oder ob er wegen mir da ist? Vielleicht ist er aber auch nur

zufällig hier, er hat mich ja auch nicht angeguckt. Vielleicht hat er mich ja schon gesehen, hat aber kein Interesse an mir und ich bilde mir das alles nur ein?

Kopffick pur!

Und jetzt stand auch noch Kris vor mir und guckte mich mit großen Augen an, er hatte den bekannten >Hundeblick< auf dem Gesicht.

„Habe ich was falsch gemacht? Tut mir leid, dass ich dich eben überfallen habe, aber du gefällst mir sehr gut, da wollte ich mal meine Chancen abchecken."

„Nein, du hast nichts falsch gemacht. Alles gut, mach dir keine Gedanken! Ich habe mich nur im ersten Moment ein bisschen überrumpelt gefühlt, lass uns einfach weiter tanzen und Spaß haben, okay?"

Er lächelte und nickte mir dann zu, nahm meine Hand und wirbelte mich einmal rum, was mich kurz aufschreien ließ. Nach dem kurzen Schockmoment musste ich aber lauthals lachen und warf meinen Kopf in den Nacken, der jetzt anfing zu kribbeln. Ich konnte nicht anders und musste zu ihm sehen. Ich musste sehen, dass es sein Blick ist, der solche Dinge mit meinem Körper anstellt. Und er tat es. Sein Blick war vollkommen auf mich gerichtet, der Ausdruck war starr und etwas ... naja ... kann das sein? Schaute er wirklich *eifersüchtig*? Bevor ich mir darüber weitere Gedanken machen konnte, hatte Kris mich schon wieder zurückgedreht. Nun stand ich mit dem Rücken zur Theke, also keine Möglichkeit ihn anzusehen. Was aber auch nicht nötig war, denn mein Körper signalisierte mir mit jeder Faser, dass seine Blicke nur mir gehörten. Was soll ich jetzt nur tun? Soll ich ihn ignorieren? Ansprechen? Wenn ja, was soll ich sagen? Ich könnte ja auch warten, bis er mich anspricht! Genau, ich warte einfach ... Und was, wenn er mich gar nicht ansprechen will? Ich brauche jetzt erst mal was zu trinken. Da ich von den drei Bier, von denen Kris eins getrunken hat, keins mehr übrighatte, musste ich wohl oder übel an die Theke, um mir etwas Neues zu bestellen. Auch wenn es gemein war, ich musste Kris Gutmütigkeit ausnutzen.

„Kris, würdest du uns noch etwas zu trinken holen? Von deinen wilden Drehungen bekommt man Durst!"

„Na klar, lass uns gehen!", da hat er wohl etwas falsch verstanden. Noch bevor ich aber widersprechen konnte, hatte er um meine Hüfte gegriffen und ging mit mir Richtung Theke. Wir gingen genau auf ihn zu und stellten uns natürlich direkt neben seine Begleitung, die ihm verdammt ähnlichsah. Seine Gesichtszüge waren etwas weicher und seine Haare etwas heller, zudem hatte er einen Bart. Uns trennten nur zwei Personen, aber es fühlte sich an, als würde er direkt neben mir stehen. Mein Herz war kurz davor aus meiner Brust zu springen. So war das nicht geplant.

Kapitel 4
Julian

Da stand sie also auf der Tanzfläche.
Nein, sie stand nicht, sie wurde von einem verfickten Sunnyboy durch die Gegend gewirbelt und ihr schien das auch noch zu gefallen.
Schon so oft habe ich sie beobachtet, aber so ein herzliches Lachen habe ich bei ihr noch nie gesehen. Sie hat sogar ihren Kopf in den Nacken geschmissen. Das war wirklich das Schönste, was ich je gesehen habe. Ich wünschte, ich wäre dafür verantwortlich gewesen, aber nein, sie lachte wegen diesem blonden Idioten. Er sah aus wie ein verdammter Surfer Boy! Und dieser durfte sie auch noch anfassen. Meine Brust zog sich zusammen bei dem Gedanken, dass zwischen den beiden mehr sein könnte. Und dann war ihr Blick auf mich gerichtet, sie muss gemerkt haben, dass ich sie anstarre, aber das war jetzt egal. Ich wollte einfach nur den Moment genießen.
Leider war er zu schnell vorbei, da dieser blonde Schönling sie schon wieder durch die Gegend schubste.
„Bro? Lebst du noch?"
„Was? Ja, klar. Ehm … hast du was gesagt?"
„Ich habe gesagt, dass du nicht auf den perfekten Moment warten solltest, sondern ihn erschaffen musst. So wie gestern in der Bäckerei, nur ohne deine Dummheit!"
„Vielleicht kommt dieser Moment schneller als erwartet."
„Wie meinst du das?"

„Naja, sie … kommt grade direkt auf uns zu!"
Er schaute mich mit riesengroßen Augen an und ich konnte ihn im letzten Moment aufhalten, sich umzudrehen.

„Das ist der Moment! Ganz ehrlich, wenn das Mal kein Schicksal ist!"

„Da gibt es nur ein Problem, sie hat einen verfickten Kerl an ihrer Seite und jetzt … psst … er steht direkt neben dir!", flüsterte ich schon fast. Viel zu peinlich wäre es gewesen, wenn sie mitbekommen hätte, dass wir auch noch über sie reden.

„Na, dann werden wir sie mal ganz schnell da wegholen!", er zwinkerte mir zu und drehte sich auch schon in ihre Richtung. Ich war so schockiert, dass ich nichts sagen konnte. Was passierte hier grade?

Plötzlich war alles um mich herum verschleiert und ich konnte nur hoffen, dass er einen Scherz gemacht hat, ansonsten hätte ich wohl meinen eigenen Bruder umbringen müssen. Aber das hatte er natürlich nicht. Ich sah nur, wie er ihr die Hand reichte, natürlich genau vor dem Surfer Boy. „Hallo, ich bin Philip Thielemann, Julians Bruder, du musst Linda sein, oder? Ich habe schon viel von dir gehört!"

DAS. HAT. ER. JETZT. NICHT. WIRKLICH. GESAGT!

„Hättest du vielleicht Interesse daran, mit ihm etwas zu trinken? Ich glaube, er hat dir noch etwas zu erklären. Und keine Angst, er beißt nur bei Vollmond!"

Ich sterbe.

Jetzt und hier.

Ich werde vor ihren Augen sterben, wahrscheinlich auf dem Boden liegend, heulend, sabbernd und mit nasser Hose.

Bevor ich das aber in die Tat umsetzten konnte, meldete sich schon der viel zu blonde Schönling, „Entschuldigung? Haben Sie nicht gesehen, dass sich Linda grade in einer Unterhaltung befindet? Unglaublich, sie steht hier immerhin mit einem anderen Mann und …"

Er wurde unterbrochen. Von ihr. Philip, der blonde Wichser und ich schauten sie fassungslos an.

Sie sagte nämlich einfach nur >JA<.

Nach gefühlten 5 Minuten Fassungslosem starren, unterbrach Philip die stille mit einem klatschen.

„Ja? Dann wäre das ja geklärt!"

Er stand auf, packte sie an den Schultern und schob sie auf seinen Barhocker. Dann wendete er sich zu dem mittlerweile ziemlich roten Wichser, „Komm, ich geb dir ´nen Whiskey aus", legte einen Arm um seine Schulter und zog ihn ans andere Ende der Bar.

Und nun saßen wir hier. Mein Herz schlug so schnell, dass kein Stethoskop dieser Welt die Herzschläge als Einzelne erkannt hätte.

„Du hast also deinem Bruder von mir erzählt?"

Gut, jetzt musste ich mir wenigstens keine Sorgen mehr machen, wie ich ein Gespräch beginne. Aber was, verdammt noch mal, sollte ich darauf antworten? >Ja, ich stalke dich seit 4 Monaten, da häuft sich so einiges an> fällt schon mal weg. Ich könnte ihr einfach die Wahrheit sagen, ihr das von dem Kribbeln erzählen und wo ich sie zum ersten Mal gesehen habe, aber was, wenn sie nicht genauso fühlt? Wenn nur ich dieses Gefühl habe? Nur, wieso dreht sie sich dann immer um und packt sich sogar manchmal dabei noch in den Nacken, wenn sie es nicht fühlt? Dabei fällt mir grade auf, dass ich sie seit sehr langer Zeit anstarre, ohne ihr zu antworten. Wie doof muss ich grade aussehen?

„Ich ... ehm ... du ... also ...", wo ist ein Feueralarm, wenn man mal einen braucht?

„Er hat auch gesagt, du hast mir noch was zu erklären, was wäre das?", Thielemann, reiß dich jetzt *einmal* zusammen und sag ihr die Wahrheit! Naja, wenigstens einen Teil davon!

„Ich ... habe dich das erste Mal vor 4 Monaten gesehen, genau vor der Kanzlei meines Vaters und seitdem gehst du mir nicht mehr aus dem Kopf. Fuck, ich weiß ja auch nicht, was das ist, aber ich *fühle* dich. Ich spüre es am ganzen Körper, wenn du in der Nähe bist. Ich ... ach ... keine Ahnung ...!", wow, das hat ja besser geklappt als gedacht! Meinen Blick auf den Boden gerichtet wartete ich auf ein Zeichen, eine Antwort, ja verdammt noch mal, von mir aus kann sie mir auch eine Ohrfeige verpassen, aber diese Stille zwischen uns macht mich verrückt. Ich traue mich einfach, nicht sie anzusehen. Sicher ist, sie ist nicht weggerannt, immerhin kann ich ihre Nähe spüren, als würde sie grade auf meinem Schoß sitzen. Welch schöner Gedanke, aber vollkommen fehl am Platz, ich brauchte mein Blut woanders.

„Was *fühlst* du?", endlich, eine Antwort. Jetzt ganz vorsichtig hochgucken ... was war das denn? Sie lächelt? Aber das war kein normales Lächeln, das war ein verdammtes >ich-spüre-genau-den-selben-Scheiß-Lächeln<!

„Ich habe so das Gefühl, das du genau weißt, was ich fühle! Linda, ich habe echt keine Ahnung, warum das so ist, aber ich will keine Sekunde davon missen!"

„Das Kribbeln ... ich spüre es auf der Arbeit ... das bist du, oder?", erwischt!

„Ja, das bin ich ... Tut mir leid, wenn du dich

dadurch unwohl fühlst, ich kann deinem Anblick nur nicht widerstehen. Außerdem versichere ich mich gerne davon, dass es dir gut geht."

„Ich weiß gar nicht, was ich dazu sagen soll. Wieso hast du mich denn nicht schon früher angesprochen?"

„Immer wenn du in der Nähe bist, verschlägt es mir die Sprache! Den Satz mit dem Werwolf habe ich stundenlang vorm Spiegel geübt, damit ich nicht stotternd vor dir stehe. Hör mal, ich hätte dich nicht so beobachten dürfen und ich hätte schon beim ersten Mal den Mut haben müssen, dich anzusprechen, aber ich kann die Zeit nicht zurückdrehen! Können wir vielleicht noch mal von ganz vorne beginnen?"

Wenn ich sonst den Mund vor ihr nicht aufbekomme, grade konnte ich ihn scheinbar kaum schließen. Die Worte rasselten nur so runter, ich musste sie einfach davon überzeugen, bei mir zu bleiben. Ich durfte das jetzt nicht vermasseln, musste den Moment nehmen und ihn perfekt machen. Mein Herz schlug noch schneller, was eigentlich schon gar nicht mehr möglich war, meine Atmung hatte ich gar nicht mehr unter Kontrolle. Warum sagt sie denn nichts? Sie sitzt genau vor mir und starrt mich ungläubig an, ich muss jetzt einmal aufs Ganze gehen und strecke meine Hand nach ihr aus.

„Julian Thielemann, sehr erfreut!", wenn es da oben im Himmel irgendjemanden gibt, bitte, lasst ein paar Engel runter kommen die ihre Hand in meine legen!

Kapitel 5
Linda

Die absolute Überforderung.

Ich saß ihm gegenüber, er hielt mir seine Hand hin und schaute dabei wie ein scheues Reh, aus den schönsten Augen der Menschheit. Zum ersten Mal konnte ich sie genauer betrachten, zum Glück war das Licht an der Theke etwas heller als im restlichen Club. Seine Augen sind dermaßen dunkelbraun, dass sie schon fast schwarz wirken, aber im rechten Auge befindet sich ein kleiner, hellerer Fleck, der wie ein Diamant aufblitzt. Daran könnte ich mich nie sattsehen. Als seine Augen noch ein bisschen größer wurden, merkte ich, dass er mir noch immer seine Hand hinhielt und ich ihn einfach nur anglotzte. Ich hatte keine andere Wahl und schlug in seine Hand ein, die Berührung jagte mir sämtliche Blitze durch den Körper.

„Linda Hennings, schön Sie kennenzulernen, Herr Thielemann!", mit zitternder Stimme, dafür aber mit einem bezaubernden Lächeln auf den Lippen stellte ich mich ihm vor. Man konnte die Erleichterung in seinem Blick deutlich erkennen und ebenso wie seiner, entspannte sich auch mein Körper.

„Gut, Frau Hennings, darf ich Sie auf ein Bier einladen? Oder dürfen es direkt drei sein?", jetzt zeigte er mir sein schönstes Lächeln und ich schmälzte fast dahin, meine Hand lag noch immer in seiner. Alles, was ich zustande bringen konnte, war ein Nicken. Er drehte sich Richtung Theke, um den Kellner zu rufen und unsere Getränke zu bestellen. Da er seine rechte Hand noch immer in meiner hatte, wollte ich es ihm ein wenig erleichtern und loslassen, aber das konnte ich nicht. Er verstärkte den Griff, sodass ich gar keine andere Wahl hatte, als es weiterhin zuzulassen. Ich spürte förmlich die Röte in meinem Gesicht und Hitze breitete sich in meinem Körper aus. Als er sich mir wieder zuwendete, war sein Blick weich und glücklich, alle Anspannung war dahin. Er gab mir eins der Getränke, nahm sich selber auch eins und prostete mir zu.

„Auf uns?", fragte er vorsichtig und für mich gab es nur eine richtige Antwort: „Auf uns!".

Ich nahm einen großen Schluck, wahrscheinlich um mir Mut anzutrinken und ergriff dann das Wort.

„Also, Herr Thielemann. Treiben Sie sich öfters in Clubs rum?", ich konnte mir ein kleines Schmunzeln nicht verkneifen, denn die förmliche Anrede machte mir mittlerweile richtig Spaß.

„Eigentlich nie! Mein Bruder hat mich überredet, er hat heute mal >Frau-und-Kind-Frei< und wollte mich ein wenig ablenken."

„Wovon denn ablenken?"

„Na, von Ihnen und meiner Dummheit, Frau Hennings!", jetzt konnten wir beide nicht mehr an uns halten und fingen laut an zu lachen. Nachdem wir uns wieder beruhigt hatten, sah er auf unsere Hände und fing an, mit seinem Daumen über meinen Handrücken zu streicheln. Auch ich schaute verträumt auf das Geschehen und drückte seine Hand ganz leicht.

„Und Sie, Frau Hennings? Was führt Sie in dieses schäbige Etablissement?"

„Meine beste Freundin Helena. Sie hat mal wieder versucht mich zu verkuppeln, das macht sie ungefähr einmal im Monat."

„Mit dem blonden Surfer Boy?", meine Wahrnehmung hatte sich also nicht getäuscht.

„Ja, genau mit dem."

„Und ... hat er ... eine Chance bei dir?"

„Hmm ... sagen wir es mal so ... sitze ich grade bei ihm oder bei dir?", als ich den Satz mit einem Schmunzeln auf den Lippen beendete, konnte auch er sich ein spitzbübisches Lächeln nicht verkneifen und das war wirklich zum Verlieben. Seine Augen bildeten kleine Fältchen und waren leicht zusammengekniffen, sein rechter Mundwinkel zog sich etwas weiter nach oben als der Linke und als hätte das noch nicht gereicht, entfuhr ein leises Glucksen aus seiner Kehle.

„Du bist also auch nicht freiwillig hier?"

„Nein, aber ich bin grade ziemlich froh, dass sie mich gezwungen hat."

„Ich bin auch froh, dass ich dich gezwungen habe!", wenn man vom Teufel spricht, schon stand Helena hinter mir und gab mir einen feuchten Schmatzer auf die Wange. Schon im nächsten Moment hielt sie Julian ihre Hand hin und stellte sich ihm vor, worauf unsere Hände sich lösten. Ich fühlte sofort, dass es etwas fehlte, seine warme Hand, die mir unglaublich viel Sicherheit gab. Noch bevor ich den Gedanken weiter ausbauen konnte, nahm er auch schon seine andere Hand hoch und legte diese in meine. Die Geste blieb natürlich auch Helena nicht verborgen, die jetzt über beide Ohren strahlte.

„Ich wollte nur mal bei dem Rechten sehen, Kris kam grade zu uns zurück und sah nicht grade glücklich aus, aber ich muss mir glaube ich keine Sorgen machen, oder?", sie guckte Julian mit einer hochgezogenen Augenbraue eindringlich an.

„Nein, natürlich nicht. Sie ist bei mir in sicheren

Händen!"

„Das glaube ich gerne.", zwinkernd gab sie mir noch einen Kuss auf die Wange und war auch schon wieder weg.

„Sie ist echt ein Wirbelwind."

„Das sag ich dir. Wo sie Auftritt herrscht Chaos, aber sie ist einfach der beste Mensch, den ich kenne. Sie ist wie eine Schwester für mich."

„Wo wir grade von Geschwistern sprechen, würde es dich stören, wenn sich mein Bruder zu uns setzt? Er steht da hinten ganz alleine an der Theke und das sieht wirklich erbärmlich aus."

„Überhaupt nicht, ich möchte auch euren Männerabend nicht stören, ich kann auch wieder zu meinen Freunden …"

„Nein … bitte … du würdest nie stören. Wenn einer stört, dann mein Bruder. Du hast ja eben gesehen, wie gut er das kann!", schon beim Sprechen hatte er seinem Bruder gewunken, der sich sofort auf den Weg zu uns machte. Als er neben mir stand, konnte ich ihn zum ersten Mal richtig ansehen. Das sie Brüder sind, konnten sie nicht verheimlichen.

„Wie ich sehe, hat meine direkte Art funktioniert …", er zeigte auf unsere Hände und fing leise an zu lachen.

„Ich habe mir schon ein Taxi gerufen und fahre jetzt noch zu einem Kumpel, ich möchte die beiden Turteltauben ja nicht stören!", mit einem Zwinkern beugte er sich zwischen uns, knallte 100 Euro auf die Theke, „der Abend geht auf mich!" drehte sich grinsend um und ging Richtung Ausgang.

„Mein Gott, was ein filmreifer Abgang!", ich konnte vor Lachen kaum noch atmen, die ganze Situation war einfach zu komisch. Julian prustete auch los und schmiss seinen Kopf in den Nacken. Sein Lachen war genauso atemberaubend wie seine Stimme. Dunkel, klar und melodisch.

„Ja, er kann ziemlich ... sagen wir mal ... *direkt* sein. Ich hoffe, das hat dich jetzt nicht zu sehr abgeschreckt?"

„Nein, schon okay. Er hat recht, wir haben ja scheinbar beide einen kleinen Schubser gebraucht. Darf ich dir noch eine Frage stellen?"

„Du darfst mir jede Frage stellen!"

„War es reiner Zufall, dass wir uns ein paar Tage später in der Bäckerei getroffen haben?"

„Ehrlich? Die Bäckerei liegt gar nicht auf meinem Weg. Ich hatte täglich vor dich dort anzusprechen, aber wie schon gesagt, ich konnte einfach nicht. Denk bitte nicht, dass ich so ein kranker Stalker bin, ich habe mich nur Hals über Kopf in dich ...", er stockte und schaute mich mit großen Augen und leicht geöffnetem Mund an. Ich selber wusste in dem Moment nicht, was ich denken, oder wie ich gucken sollte. Wenn der Satz so enden sollte, wie ich es mir dachte, hatte er sich in mich verliebt. Obwohl er mich überhaupt nicht kannte und wir erst wenige Sätze miteinander gewechselt hatten. Klar, ich fühle mich auch zu ihm hingezogen, aber kann man schon von Verliebtheit oder gar Liebe sprechen? Wie soll man auf so etwas reagieren? Es gab nur zwei Möglichkeiten, flüchten oder bleiben! Und ich musste mich schnell entscheiden, da wir beide die Luft anhielten und fast schon blau anliefen.

Kapitel 6
Julian

Schon wieder meine Dummheit. Erst nachdenken, dann sprechen.

Ich kann keine Luft holen, sie saß komplett still und fassungslos vor mir und ihr schien es wie mir zu gehen. Ich habe sie verschreckt. Wie kann man nur so blöd sein und so etwas sagen? Naja, es stimmt ja auch. Wochenlang habe ich mir eingeredet, dass es verrückt ist, aber es ist so! Ich bin verliebt in sie! Nur sagt man so was einfach nicht, also, nicht beim ersten >Date<.

„Kannst du den Satz zu Ende bringen?", sie verlangte also von mir, auszusprechen, was absolut peinlich und wahrscheinlich noch mein Untergang war. Das Einzige, was mich etwas hoffen ließ, waren unsere Hände. Sie hatte sie noch nicht losgelassen.

„Ehm ... ich ... hab mich ... in dich ... *verliebt*!", das letzte Wort wurde fast geflüstert, „ich weiß, das ist ziemlich verrückt, aber so ist es halt. Ich kann verstehen, wenn dir das zu viel ist, und nehme dir nicht übel, wenn du gehst!"

Meinen Blick nach unten auf unsere Hände gerichtet und im Begriff loszulassen, musste ich schwer an mir halten. Dieses ganze verdammte Gefühlschaos, wieso tut ein Mensch sich so etwas an? Unsere Hände haben sich schon fast gelöst, als sie auf einmal den Griff verstärkte. Zusammenzuckend, weil ich nun wirklich nicht damit gerechnet habe, blickte ich auf und sah ihr erstaunt in die Augen. Ich konnte ihren Ausdruck nicht deuten, einerseits weich und gefühlvoll, andererseits starr und verwirrt.

„Ich werde nicht gehen."

„Nicht?"

„Ich merke doch selber, dass da etwas zwischen uns ist. Außerdem bin ich viel zu neugierig, um jetzt davon zu rennen!", sie zwinkerte mir wirklich zu und lächelte dabei. So viele Schwierigkeiten unser Gespräch bislang auch brachte, sie schaffte es jedes Mal aufs Neue, dass sich alles richtig anfühlt. Ich wusste, dass ich sie mit der Aussage verschreckt habe, aber sie saß noch da, genau vor mir, mit meiner Hand in ihrer. Ob es wirklich nur ihre Neugier war oder sie vielleicht auch schon Gefühle für mich hatte, konnte ich nicht sagen.

„Wie wäre es, wenn wir die letzten 10 Minuten einfach vergessen?"

„Wenn du das kannst? Ich weiß nicht, ob ich so viel Peinlichkeit jemals vergessen kann. Darf ich dich vielleicht, auf Kosten meines Bruders, noch zum Essen einladen?"

„Nichts lieber als das, Hauptsache aus dem Club raus. Ich würde gerne Helena noch Bescheid sagen, kommst du mit?", das ließ ich mir natürlich nicht zwei Mal sagen. Nur über meine Leiche würde ich sie alleine zu diesem verfickten Surfer Boy gehen lassen. Also stand ich auf, zog sie auf die Beine, „Aber natürlich!" ließ ihre Hand natürlich nicht los und ging mit ihr in Richtung ihrer besten Freundin. Vor uns standen fünf Leute, Helena, die von einem Mann gehalten wurde, ein weiteres Pärchen und der Wichser. Alle guckten uns erstaunt an, bis Helena das Wort ergriff.

„So ein schöner, äußerst seltener Anblick! Wehe ihr seid hier um >tschüss< zu sagen!"

„Ehrlich gesagt schon, wir wollten noch etwas essen gehen!", alleine ihre Stimme zauberte mir ein Grinsen ins Gesicht.

Nun mischte sich auch die andere Frau ein, „ach kommt schon! Linda, das kannst du echt nicht bringen, du gehst so selten mit, dann kannst du auch mal was länger bleiben! Außerdem hast du uns deine äußerst attraktive Begleitung noch gar nicht vorgestellt.". Kaum ausgesprochen hatte sie auch schon den Ellenbogen ihres Freundes in den Rippen und fing wie wild an zu kichern.

„Ich bin Julian und muss euch leider dieses liebreizende Geschöpf entreißen, da ich noch so einiges gutzumachen habe. Sorry!", dabei setzte ich mein schönstes Lächeln auf, weil ich wusste, dass mir damit eh keine Frau widersprechen könnte und es klappte. Linda umarmte noch schnell alle, gab Kris die Hand und entschuldigte sich bei ihm. Ich konnte mir ein Schmunzeln einfach nicht verkneifen und drehte mich etwas zur Seite weg. Helena stellte sich genau vor mich, hatte schon wieder eine Augenbraue nach oben gezogen und guckte mich mit ziemlich böser Miene an.

„Wenn du ihr wehtust oder sie in irgendeiner Weise verletzten solltest, ich schwöre dir, ich werde dich finden und dann gnade dir Gott!", das war mal eine Ansage.

„Mach dir bitte keine Sorgen, ich würde nie etwas tun was sie verletzt, sie ist mir viel zu wichtig!"

„Das hoffe ich für dich, immerhin hast du dich die letzten Wochen wie ein kranker Stalker verhalten, da musst du erst mal beweisen, dass es auch anders geht!", aha, so läuft der Hase. Sie hatte also mit ihr über mich gesprochen.

Als wir unsere Jacken geholt und unsere Getränke bezahlt hatten, schlenderten wir Hand in Hand zu meinem Auto, das nicht weit entfernt auf einem großen Parkplatz stand.

„Du hast also mit Helena über mich gesprochen?", ich musste mich zusammenreißen, damit ich nicht lauthals loslache.

„Wer sagt das?"

„Na, Helena. Sie wusste, wer ich bin."

„Was hat sie gesagt?"

„Sie hat mir gedroht!"

„Sie hat was?", jetzt musste sie lachen.

„Ja, sie hat gesagt, wenn ich dich verletze, findet sie mich und dann gnade mir Gott. Ach ja, und das ich mich verhalten habe wie ein kranker Stalker. Muss ich jetzt wirklich Angst haben?"

„Glaub mir, sie macht jede Drohung wahr, also solltest du besser auf sie hören!"

„Ich hatte auch nichts Anderes vor! Hast du mich wirklich als kranken Stalker bezeichnet?"

„Nein, das war ihre Reaktion, als ich ihr alles nach dem, nennen wir es mal *Vorfall*, in der Bäckerei erzählt habe."

„Das beruhigt mich wirklich. Es tut mir so unglaublich leid, dass ich diesen Eindruck vermittelt habe. Wenn es eine Möglichkeit gibt, wie ich das irgendwie wiedergutmachen kann, sagst du es mir dann?"

„Du könntest damit anfangen, dich nichtmehr dafür zu entschuldigen. Lass uns einfach nicht mehr drüber sprechen! Worauf hast du Hunger?", habe ich schon mal erwähnt, dass diese Frau der Hammer ist? Bei meinem Auto angekommen, hielt ich ihr die Tür auf und war etwas bedrückt, dass ich ihre Hand loslassen musste.

„Wie wäre es mit Pizza?", ich setzte mich auf die Fahrerseite und startete mein Schätzchen. Ich fuhr einen schwarzen Chevrolet Camaro RS und sie schien sich in ihm wohlzufühlen.

„Pizza hört sich fantastisch an.", sie schaute mich an und lächelte. Ihre Augen glänzten und ihre Wangen waren leicht gerötet. Ich legte meine Hand auf ihr Knie, lächelte zurück und fuhr los. Als wir in der Pizzeria >Enzo< angekommen waren, stieg ich aus, machte ihr die Tür auf, hielt ihr meine Hand hin und hilf ihr aus dem Auto. Wir gingen Arm in Arm rein und wurden sofort herzlich begrüßt.

„Ciao, Julian. Schön, dich mit einer schönen Frau zu sehen! Es ist schon Spät, möchtet ihr noch etwas essen?"

„Hallo, Giovanni. Wenn die Küche noch offen ist, hätten wir gerne noch eine Pizza. Nur, wenn es keine Umstände bereitet?"

„Für euch doch nicht! Setzt euch, ich komme sofort mit der Karte. Was wollt ihr trinken?", er schaute mich fragend an.

„Bring uns bitte eine Flasche Weißwein, halbtrocken, und eine Flasche Wasser", er nickte, lächelte Linda zu und verschwand auch schon.

„Ich hoffe, die Bestellung ist für dich okay?"

„Ja, perfekt, danke! Also, du bist öfter hier?"

„Ich hole mir oft was zu essen zum Mitnehmen, *hier* esse ich selten."

„Außer du bist in Begleitung einer >schönen Frau<?", schmunzelnd sah sie mich an. Auch sie hatte bemerkt, dass Giovanni, der Besitzer des Restaurants, erstaunt war, dass ich in Begleitung kam. Ich habe

noch nie eine Frau mit hierher genommen, wie denn auch, immerhin hatte ich die letzten 3 Jahre keine einzige.

„Ich würde nicht sagen >*einer* schönen Frau<, sondern >*der* schönsten Frau<!"

„Herr Thielemann, flirten Sie etwa mit mir?", sie fing an zu glucksen und das Geräusch brachte mir sofort eine Gänsehaut ein.

„Frau Hennings, wenn Sie die Wahrheit als flirten bezeichnen, dann ja, ich flirte mit ihnen!", ihr glucksen verwandelte sich in ein herzliches Lachen. Ich stimmte mit ein und konnte sehen, wie sich ihre Wangen in ein leichtes rot färbten. Als Giovanni mit den Getränken kam und unsere Bestellung aufnahm, wir bestellten eine große Pizza mit Salami und Pilzen, schenkte ich uns ein und wir stoßen mal wieder an. Diesmal ergriff sie das Wort, „auf uns?" und darauf gab es nur eine Antwort: „auf uns!"

Kapitel 7
Linda

Die Pizza schmeckte einfach fantastisch, der Wein war unglaublich gut und die Person vor mir unbeschreiblich. Charmant, liebevoll, hilfsbereit, zuvorkommend, sexy, wunderschön und intelligent. Wir unterhielten uns über Gott und die Welt, berührten uns viel und lachten noch mehr. Die Stimmung war so ausgelassen, dass wir die Zeit vergaßen. Als Giovanni zu uns kam, weil er den Laden gerne schließen wollte, bezahlte Julian und wir gingen wieder zum Auto.

„Ich darf dich doch noch nach Hause fahren?"

„Du willst doch nur wissen, wo ich wohne!"

„Unter anderem, aber am meisten möchte ich davon überzeugt sein, dass du gut nach Hause kommst."

„Dann gerne!", wie ein Gentleman hielt er mir wieder die Tür auf und ich stieg in seinen heißen Schlitten. Ich habe nicht viel Ahnung von Autos, aber das Auto gefiel mir besonders gut. Es war sportlich, elegant und irgendwie geheimnisvoll, genau wie sein Besitzer. Wir fuhren los und er legte wieder seine Hand auf mein Knie, also legte ich meine Hand auf seine. Wir guckten uns noch kurz in die Augen und sahen dann beide auf die Straße. Mehr als die Wegbeschreibung redeten wir nicht miteinander, es war aber keine unangenehme Stille. Vor meiner Haustür angekommen, stieg er wieder aus, um mir die Tür aufzuhalten. Er nahm meine Hand und führte mich zu meiner Haustür.

„Da wären wir", wir standen uns gegenüber, genau

vor der Tür und mir war schlecht. Schlecht vor Aufregung. Ob er mich jetzt küsst? Will ich das überhaupt? Wenn ja, soll ich ihn noch mit hochnehmen? Nein ... dazu bin ich noch nicht bereit. Aber irgendwie reizt mich das schon. Bevor ich weiter darüber nachdenken konnte, kam er mir auch schon näher. Meine Augen hingen an seinen Lippen.

„Danke für den wunderschönen Abend", sagte er ganz leise und kam noch ein Stück näher. Reflexartig schloss ich die Augen und lehnte mich nach vorne. Mein Körper hat vollkommen die Kontrolle übernommen und mein Kopf war ausgeschaltet. Ich spürte seine Hände auf meinen Wangen und im nächsten Augenblick seine Lippen auf meinen. Der Kuss war sanft, weich und nicht fordernd. Als wir uns voneinander lösten und ich die Augen öffnete, legte er seine Stirn an meine. Er hatte seine Augen noch geschlossen, seine Hände noch an meinen Wangen und lächelte.

„Du glaubst nicht, wie lange ich von diesem Moment schon träume!"

„Und? War es denn wie in deinen Träumen?"

„Viel besser!", wir schauten uns tief in die Augen und lächelten um die Wette. Das war mit Abstand der beste Kuss, den ich je bekommen habe. Okay, ich hatte auch nur eine Vergleichsmöglichkeit. Ich dachte immer, Marius küsse wären die Einzigen, die ich brauchte, aber ich wurde grade eines Besseren belehrt.

„Linda, darf ich dich morgen wiedersehen?"

„Du darfst!"

„Ich hole dich um 14:00 Uhr ab, ist das okay für dich?"

„Ja, ich freue mich schon!", er gab mir noch einen sinnlichen Kuss, strich mir mit seinem Daumen über die Wange und verabschiedete sich.

In meiner Wohnung angekommen, ging ich erst mal ins Bad um mich umzuziehen und abzuschminken. Als Nächstes schenkte ich mir einen Wein aus, zündete mir eine Zigarette an und setzte mich aufs Sofa. Da wir mittlerweile schon 01:30 Uhr hatten, schrieb ich Helena noch eine SMS.

Linda: Maus, wir haben uns geküsst. Ruf mich an, wenn du nüchtern bist!

Keine 30 Sekunden später klingelte mein Handy.
„Hat er dich … *hicks* … geküsst oder du ihn?", im Hintergrund hörte man leise Musik und Autogeräusche.
„Schnapsdrossel, er hat mich geküsst! Seid ihr noch immer unterwegs?"
„Leute, er hat sie geküsst!", im Hintergrund ertönte ein lautes >Wuhu< von mindestens 3 Personen.
„Wir sind grade auf dem … *hicks* … Rückweg, sitzen im Taxi. Sagt mal alle Hallo zu Liiiiiinda", im Hintergrund ertönte diesmal ein >Hallo Liiiiiiinda< im Chor.
„Hört sich ja nach einem erfolgreichen Abend an! Dann kommt mal gut nach Hause und schlaft euren Rausch aus!"
„Neeeeeein … *hicks* … so leicht kommst du uns nicht davon! Hat er dich … *hicks* … entjungfert?"
„Nein, hat er nicht, es waren nur zwei Küsse."
„Was noch nicht ist … *hicks* … kann ja noch werden! Ich melde mich später bei dir, wir müssen anhalten, Felix muss … hihihi … kotzen! Hab dich lieb, Schnecke!"

„Ich dich auch, Maus!", ich legte auf, zündete mir noch eine Zigarette an und trank einen großen Schluck Wein. Konnte das sein? War ich wirklich glücklich? Wegen einem Mann? Vielleicht sollte ich erst mal drüber schlafen.

„Ich habe Kopfschmerzen."
„Könnte am Alkohol liegen?"
„Ach, echt?", genervt stöhnte Helena ins Telefon und ich konnte mir ein Schmunzeln nicht verkneifen.
„Hör auf zu lachen, ich musste mich ja betrinken, immerhin hat meine beste Freundin mich alleine im Club gelassen!"
„Du warst nicht alleine!"
„Ne, aber die anderen sind doof. Die haben mich abgefüllt. Aber egal! Es gibt Wichtigeres! Erzähl. Mir. Alles!"
Und ich erzählte ihr alles, von Anfang bis Ende, ohne auch nur ein kleines Detail auszulassen.
„Er hat dir wirklich gesagt, dass er sich in dich verliebt hat? Und du bist nicht weggerannt? Wie war das noch mit >ich will keine Beziehung< und >ich brauche keinen Mann<? Ich werde diesem Kerl einen Pokal verleihen müssen, wenn du dich auf ihn einlässt!"
„Es heißt ja auch nicht, dass ich mich direkt in eine Beziehung stürze! Außerdem spiele ich doch überhaupt nicht in seiner Liga. Guck ihn dir an, er sieht aus wie ein verdammtes Model! Und er wäre bestimmt der Erste, der sich von einer dürren Schlampe um den Finger wickeln lässt. Er kennt mich ja gar nicht, wenn er mich näher kennenlernt, ändern sich seine Gefühle sicher wieder!"
„Du denkst viel zu schlecht von dir! Du bist eine

wunderschöne, intelligente, junge Frau. Klar, du hast tierisch einen an der Waffel, aber genau das lieben alle an dir. Du bist anders und da solltest du stolz drauf sein! Und ich glaube, dass er genau das in dir sieht."

„Meinst du wirklich? Ich will einfach nur nicht wieder verletzt werden. Ich kann das einfach noch nicht."

„Lass doch erst mal alles auf dich zukommen! Du musst ja nicht gleich heiraten, das habe ich dir auch schon mal gesagt. Weißt du denn schon, wann ihr euch wiederseht?"

„Er holt mich in 2 Stunden ab."

„Dann machst du jetzt Folgendes: du gehst ausgiebig Duschen, ziehst dir was Hübsches an. Wenn er dann vor deiner Tür steht, um dich abzuholen, ziehst du ihn rein und vögelst ihm das Hirn aus dem Schädel!"

„Helena!!"

„Was denn? Du sagst doch immer, dass du noch keine neue Beziehung willst, also hab doch wenigstens ein bisschen Spaß!"

„Ich weiß doch selber nicht, was ich will! Einerseits will ich mich von ihm fernhalten, andererseits kann ich es nicht erwarten, ihn wieder zu sehen. Ich mache mich jetzt erst mal fertig und dann gucken wir, wohin der Tag führt. Ich bin eh noch der Meinung, dass er das Weite sucht, wenn er mich erst mal näher kennenlernt."

„Das werden wir ja noch sehen. Wenn er das macht, ist ihm wirklich nicht mehr zu helfen. Du bist toll und jetzt hör endlich auf, dir was Anderes einzureden! Jeder Mensch braucht im Leben eine Linda, und wenn er sich gut anstellt, teile ich meine vielleicht mit ihm! Rufst du mich an, sobald du wieder zuhause bist?"

„Ja mache ich und drück du mir bitte die Daumen,

dass er nicht in den ersten 5 Minuten schon merkt, was ich für ein Schussel bin. Danke für deine Worte, du bist die Beste. Hab dich lieb!"
„Ich dich auch, bye!"

Um Punkt 14:00 Uhr klingelte es auch schon an der Tür. Panisch, nur in Unterwäsche und Socken, rannte ich durch die Wohnung und suchte vergebens nach meiner Lieblingsjeans. Da ich mir bei allem Mal wieder viel zu viel Zeit gelassen und natürlich dabei nicht einmal auf die Uhr geguckt habe, musste es ja so kommen. Das große Chaos in einer Person. Als es ein zweites Mal klingelte, eilte ich zur Tür, betätigte den Öffner und zog die Tür einen Spalt auf. Zurück im Schlafzimmer fand ich auch endlich meine Jeans und musste mich jetzt wirklich beeilen, wenn ich ihn nicht halb nackt begrüßen wollte. Habt ihr schon mal versucht, in der Eile eine echt enge Röhrenjeans anzuziehen? Ja, das kann ganz schön schiefgehen! Und das tat es natürlich auch. Mit halb hochgezogener Hose verlor ich das Gleichgewicht und landete mit einem lauten >FUCK!< auf dem harten Parkettboden.
„Linda? Linda?? Oh Gott ... was ist passiert? Hast du dir wehgetan?", ging es noch peinlicher? Er beugte sich zu mir runter, legte eine Hand an meine Wange und schaute mich besorgt an.
„Nein, alles Okay. Kannst du mir bitte hochhelfen?"
Er griff mit einem Arm unter meine Knie, mit dem anderen meinen Rücken und hob mich an seine Brust, ging mit mir zum Bett, legte mich ab und setzte sich neben mich.
„Ganz sicher, dass du dir nichts getan hast?"
„Wirklich, alles ist gut. Ich kenne mich damit aus, ich falle öfters", ich hatte es wirklich geschafft, ihm in

den ersten Sekunden zu zeigen, wie schusselig ich bin. Helena wird mich ja so was von Auslachen.

„Am besten hältst du immer genügend Sicherheitsabstand zu mir, sonst ziehe ich dich noch mit ins Verderben!"

Er beugte sich zu mir runter, sodass unsere Lippen sich schon fast berührten, sein Atem kitzelte auf meiner Haut und sein Duft war angenehm und männlich. Seine Arme befanden sich links und rechts neben meinem Kopf.

„Wenn mich jemand mit ins Verderben ziehen darf, dann bist du das", er kam noch näher und gab mir einen leichten Kuss auf den Mund, so sanft und zart, dass ich ihn nur als leichtes Kribbeln empfand.

„Außerdem, wie soll ich bitte Abstand halten, wenn du mich so …", sein Zeigefinger schwebte über meinem Körper auf und ab, „… in Empfang nimmst? Daran könnte ich mich wirklich gewöhnen!"

„Ja … ehm … ich habe nicht auf die Zeit geachtet und ein bisschen getrödelt. Du musst wissen, ich bin das pure Chaos!"

„Dann sei *mein* Chaos!", ich weiß nicht, wie dieser Mann noch perfekter sein könnte. Ich legte meine Hände in seinen Nacken und zog ihn zu mir, sodass sich unsere Lippen trafen. Der Kuss war diesmal ganz anders, wild und fordernd. Ich öffnete meine Lippen und seine Zunge fand sofort die meine. Seine Hände glitten unter meinen Rücken und sein Oberkörper drückte schwer auf meinen. Ihn so nah zu fühlen war unglaublich. Unsere Zungen kämpften miteinander und wir konnten beide nur gewinnen, es fühlte sich alles so richtig an, bis …

… >klopf-klopf<!

Musste das jetzt wirklich sein? Grade jetzt? Wir

stoppten den Kuss und schauten uns atemlos an, der Kuss hat also auch ihn nicht kalt gelassen. Ich rollte unter ihm weg, stand auf und hatte vollkommen vergessen, dass sich meine Hose momentan noch an meinen Knien befand. Bevor ich das realisieren konnte, kam ich auch schon ins Stolpern und konnte mich im letzten Augenblick fangen. Ich hoppelte wie ein verdammter Hase aus dem Zimmer und zog mir die Hose umständlich auf die Hüften, mit hochrotem Kopf und ziemlich sauer, riss ich die Tür auf. Vor mir stand der ältere Herr aus Wohnung 3B.

„Guten Tag, Frau Hennings. Gestern wurde ein Paket für Sie abgegeben, leider konnte ich Sie gestern Abend nicht mehr antreffen. Ich hoffe, ich habe Sie nicht gestört?", er schaute an mir hoch und runter, blieb ein bisschen zu lange an meinen Brüsten hängen. Verdammt, ich hatte nur einen BH an! Mit einem Arm vor den Brüsten riss ich ihm das Paket aus der Hand.

„Nein, danke, sehr nett von Ihnen. Schönen Tag noch!", ich knallte die Tür zu, ließ mich nach vorne fallen und mein Kopf knallte an die Tür. Ich wollte ihn doch langsam darauf vorbereiten, dass ich ein Schussel bin.

„Du begrüßt Männer also gerne nur in Unterwäsche?", ich drehte mich um und er stand schmunzelnd hinter mir.

„Eigentlich gehört das nicht zu meinen Hobbys."

Mein Kopf wurde immer heißer, ich musste mittlerweile knallrot sein.

„Bei mir darfst du da gerne eine Ausnahme machen!", er kam zu mir und legte seine Hände an meine Wangen, presste seine Lippen auf meine und küsste mich mit seinen weichen Lippen.

„Wie wäre es, wenn du dir jetzt was anziehst und wir wegfahren?"

„Wo wollen wir denn eigentlich hin?"

„Lass dich überraschen!", seinem Lächeln konnte man einfach nicht widerstehen. Also ging ich ins Schlafzimmer zu meinem großen Schrank, nahm mir ein weißes Top und meinen gelben Cardigan, zog mir Socken und meine gelben Sneakers an und ging ins Wohnzimmer, wo er auf mich wartete.

„Wow, du siehst großartig aus!"

„Bin ich denn auch richtig angezogen? Ich weiß ja nicht, was du mit mir vorhast!"

„Du bist perfekt angezogen", er kam zu mir, küsste mich kurz, nahm meine Hand und ging mit mir Richtung Tür. Ich nahm noch schnell meine weiße Handtasche mit der großen Sonnenblume drauf und wir gingen zum Auto.

„Die Fahrt dauert ungefähr 40 Minuten", er hielt mir wieder die Tür auf und ich setzte mich in den Wagen. Die Fahrt verlief relativ ruhig, wir unterhielten uns über Gott und die Welt, lachten viel und ich mochte ihn von Minute zu Minute mehr.

„Wir sind fast da!", mittlerweile waren wir raus aus der Stadt und fuhren auf einen Waldweg zu.

„Du willst mit deinem Auto da durchfahren?"

„Nein, wir gehen das letzte Stück", er stieg aus und reichte mir seine Hand zum Aussteigen, wir gingen zu seinem Kofferraum und ich musste staunen. Er hatte alles dabei, eine Decke, zwei Kissen und einen großen Picknickkorb. Er packte sich alles auf einen Arm, nahm mit der anderen meine Hand und zog mich mit sich.

„Gehen wir nicht den Waldweg entlang?"

„Nein, ich will dir was Besonderes zeigen, vertraust

du mir?", ja, vertraute ich ihm? Ich kannte ihn kaum, wusste kaum etwas von ihm, aber in irgendeiner Weise konnte ich nicht anders, als mich von ihm leiten zu lassen. Schon jetzt war ich süchtig nach seinen Berührungen, seiner Stimme, seinem Duft und seinen Küssen. Ganz zu schweigen von seinen Blicken und seinem Lächeln, dem kribbeln und den Blitzen, die durch meinen kompletten Körper schießen. Ich war ihm schon jetzt vollkommen verfallen, also nickte ich und wir gingen mitten durch einen dichten Wald. Ich war natürlich mehrere Male über Äste und Steine gestolpert, aber er hat mich nie fallen lassen. Nach ungefähr 10 Minuten hatten wir unser Ziel erreicht und ich traute meinen Augen kaum. Ein riesiger Weiher, umrandet von Felsen und Wald, mit klarem Wasser und ein paar Enten breitete sich vor mir aus. Ich musste stehen bleiben, den Augenblick genießen. Er drehte sich zu mir um und sah in mein erstauntes Gesicht. Ein Lächeln, so breit wie der Mond, machte sich auf seinen Lippen breit. Mit glitzernden Augen drehte er sich weg und zog mich weiter auf den Weiher zu. Ein kleines Stück Wiese, direkt am Weiher tauchte mitten im Wald auf und er breitete die Decke darauf aus.

„Julian, ich weiß gar nicht was ich sagen soll, ich habe so etwas Schönes in meinem Leben noch nie gesehen!"

„Genau dasselbe habe ich mir auch gedacht, als ich *dich* zum ersten Mal gesehen habe!", er setzte sich und zog mich zu ihm runter zwischen seine Beine, sodass ich seine Brust als Rückenlehne benutzen konnte. Mit einer Hand stütze er sich nach hinten ab, die andere legte er auf meinen Bauch und ich legte meine Hand auf seine. Ich ließ meinen Kopf auf seine

Schultern fallen und wir genossen für mehrere Minuten einfach nur die Aussicht und die Nähe.

„Danke, dass du mir diesen wundervollen Ort gezeigt hast! Wie hast du ihn gefunden?"

„Mein Vater hat mich und meinen Bruder immer zum Angeln mit hier hingenommen. Ich habe die schönsten Stunden meiner Kindheit hier verbracht und komme auch jetzt noch oft hier her, wenn es die Zeit zulässt."

„Eine schöne Erinnerung. Erzählst du mir mehr über deine Familie und deine Kindheit?"

„Wenn du das möchtest! Aber vorher packen wir erst mal den Picknickkorb aus. Hast du schon gegessen?"

„Nein, noch nichts. Was hast du denn Leckeres mitgenommen?", wir hockten uns um den Korb und er nahm zuerst 2 Sektgläser und einer Flasche Sekt raus. Er gab mir die Gläser und öffnete die Flasche mit einem lauten Knall, danach schenkte er uns ein und nach dem Anstoßen nahmen wir beide einen großen Schluck. Danach nahm er 4 Frischhaltedosen und eine Tüte aus dem Korb, in der Tüte war geschnittenes Baguette.

„Und was hast du da drinnen versteckt?", ich zeigte auf die Dosen.

„Mach sie auf und guck nach", das ließ ich mir nicht zweimal sagen. Ich öffnete die erste Dose und schon am Geruch konnte ich erkennen, dass es sich dabei um Käse handelt. In der zweiten Dose waren Weintrauben, in der dritten Erdbeeren und als ich die Vierte öffnete, musste ich sofort niesen. Geschnittene und geschälte Äpfel! Ich versuchte die Dose, so schnell es ging, wieder zu schließen, was aber durch das durchgehende Niesen gar nicht so einfach war. Ich schmiss Julian also die Dose entgegen, stand auf und entfernte mich erst mal von unserem Platz. Als ich mich wieder beruhigt hatte, stand er auch schon hinter mir.

„Was war *das* denn grade?", seinem hochrotem Gesicht zu urteilen, stand er kurz vor einem Lachanfall, den er aber dank meiner ziemlich bösen Miene zurückhielt.

„Herr Thielemann, wenn Sie jetzt die Frechheit besitzen und anfangen zu lachen, muss ich Sie leider in den Weiher schubsen!", ich ging mit erhobenem Zeigefinger auf ihn zu und musste mir selber ein Schmunzeln verkneifen.

„Das würde ich nie tun, Frau Hennings. Aber ich hoffe Sie wissen, dass sich Ihr Niesen, wie das Quieken eines Meerschweinchens anhört?", sein Kopf schien fast zu platzen.

„Vergleichen Sie mich etwa grade mit einem stinkenden, kleinen, rattenähnlichen Nager?"

„Also ich finde Meerschweinchen süß", schon hatte er mich wieder gepackt und mich lachend in seine Arme gezogen. Er war einfach zu stark, ich hatte keine Chance mich zu wehren. Ich legte meinen Kopf an seine Brust und meine Hände um seine Taille.

„Ich muss immer niesen, wenn ich Äpfel rieche. Ich weiß auch nicht, woher das kommt, aber es war schon immer so. Ganz besonders lustig war es immer, wenn ich früher mit meiner Oma im Sommer in ihrem Garten neben dem Apfelbaum saß. Sie sagte immer, ich wäre etwas Besonderes!"

„Das bist du auch, das habe ich schon in der ersten Sekunde gemerkt!", er küsste meinen Scheitel und verstärkte die Umarmung. Ich fühlte mich so geborgen wie lange nicht.

„Sollen wir wieder rübergehen? Ich verspreche dir auch, dass ich die Äpfel nicht mehr rausholen werde, wenn du mir versprichst, mich nicht in den Weiher zu schubsen!"

„Ich werde versuchen mich zurückzuhalten!"

Hand in Hand gingen wir zurück und setzten uns wie zuvor auf die Decke. Wir fingen an zu essen und Julian schenkte uns Sekt nach.

„Also, deine Kindheit, wie war die so? Wie ist ein Julian Thielemann aufgewachsen?"

„Eigentlich ganz normal, also, ich stelle mir so jedenfalls eine normale Kindheit vor! Mein Vater hat viel gearbeitet, meine Mutter war zu Hause. Ich ging in den Kindergarten, in die Grundschule und danach aufs Gymnasium. Es war schon von Anfang an klar, dass mein Bruder und ich den Beruf des Anwalts erlernen, mein Vater hat uns das schon von klein auf eingeredet."

„War es denn auch immer dein Traum, Anwalt zu sein?"

„Nein, absolut nicht. Ich wollte immer Musiker werden. Meine Eltern haben den großen Fehler gemacht, mir und meinem Bruder Instrumente zu kaufen, als wir noch klein waren. Ich hatte eine Gitarre, Philip ein Schlagzeug. Sie haben das auch ziemlich schnell bereut, wir hörten uns schrecklich an und haben tagelang nichts Anderes gemacht, als damit zu spielen. Irgendwann hatte Philip den Spaß daran verloren, aber ich habe weitergemacht, bin jahrelang in den Unterricht gegangen und wollte es irgendwann professionell machen, leider kamen dann die Pläne meines Vaters dazwischen."

„Wow, damit hätte ich jetzt nicht gerechnet, aber es ist nie zu spät, seine Träume zu leben! Spielst du denn noch?"

„Manchmal, wenn ich von der Arbeit komme, setzte ich mich hin und spiele ein paar Takte, aber es reicht ganz sicher nicht für eine Karriere. Dafür hätte ich mich komplett darauf konzentrieren müssen. Aber egal, erzählst du mir auch was aus deiner Kindheit?"

„Puh, da gibt es nicht allzu viel. Meine Eltern waren immer beide berufstätig, daher bin ich sehr viel bei meiner Oma gewesen. Da wurde ich natürlich verwöhnt wie eine Prinzessin, da ich ihre einzige Enkelin war. Ich habe mir immer eine Schwester gewünscht, aber leider nie eine bekommen. Daher habe ich mir dann eine gesucht und Helena gefunden. Wir sind aufgewachsen wie Schwestern, aber die Streitereien, die es oft unter Geschwistern gibt, blieben uns erspart."

„Wo habt ihr euch kennengelernt?"

„Im Kindergarten. Es war Helenas erster Tag. Ihre Eltern hatten ein Haus in unserer Nachbarschaft gekauft und so kamen unsere Eltern ins Gespräch. Wir haben uns beide hinter den Beinen unserer Mütter versteckt, waren total schüchtern. Am nächsten Tag bin ich von der Schaukel gefallen, Helena kam zu mir und hat mich einfach in den Arm genommen. Danach habe ich meinen Schokoriegel mit ihr geteilt und seitdem sind wir unzertrennlich und sie passt auf mich auf, wie eine große Schwester, obwohl sie nur einen Tag älter ist als ich."

„Ja, das mit dem aufpassen durfte ich ja schon am eigenen Leib spüren", es tat so gut mit ihm zu reden, wir befanden uns auf einer Wellenlänge. Nach fünf Stunden reden, lachen und genießen, machten wir uns auf den Rückweg. Ich wollte nicht, dass dieser Tag schon endet, also kam ich auf eine Idee.

„Ich habe noch alles für eine Lasagne zu Hause, also, wenn du Lust und Hunger hast?"
„Wie könnte ich da denn >nein< sagen?"

Kapitel 8
Julian

Der Tag am Weiher hatte funktioniert.
Er hat mich noch näher zu ihr gebracht und meine Gefühle noch verstärkt. Sie ist einfach eine unglaubliche Frau, alles an ihr ist magisch. Ihre Bewegungen, wenn sie etwas erzählt, der kleine Leberfleck unter ihrem rechten Ohr, den man nur sehen kann, wenn sie ihren Kopf beim Lachen in den Nacken wirft, ihre kleine Niesattacke, als sie die Dose mit den Äpfeln geöffnet hat. Bei ihr zu Hause angekommen, ging sie ins Bad und ich konnte mich etwas umschauen. Ihr Wohnzimmer war nicht groß, dafür aber mehr als bunt. Die Wände waren orange und grün, ihre Möbel blau, auf ihrem roten Sofa lag eine lila Decke und ihr Teppich war die reinste Farbkarte. Überall hingen Bilder an der Wand, viele der Gesichter darauf kannte ich aus dem Club. Die meisten waren aber von ihr und Helena, beim Reiten, beim Surfen, beim Sonnen. Bei ihrem Bücherregal angekommen, wurde mir nur wieder bestätigt, was ich eh schon wusste: wir hatten denselben Geschmack. Thriller, Krimis, es war kaum von meinem Bücherregal zu unterscheiden.

„Na, gefällt dir, was du siehst?", sie stand vor mir und hatte eine pinke Schürze umgebunden, auf der ein glitzerndes Einhorn zu sehen war.

„Ich habe selten so etwas Schönes gesehen", ich konnte mir ein Lachen nicht mehr verkneifen und sie stieg mit ein.

„Dann warte erst mal ab, welche Schürze ich für

dich rausgesucht habe."

"Ich glaube kaum, dass sie die Schönheit deiner Schürze übertreffen kann!"

"Dann warte mal ab!"

Nach gut einer Stunde waren wir endlich so weit die Lasagne in den Ofen zu schieben. Da wir vor lauter Lachen das Hackfleisch haben anbrennen lassen und den halben Wein, der eigentlich in die Soße sollte, selber getrunken haben, hatte sich alles etwas verzögert. Ich durfte jetzt auch endlich meine Schürze, die den Körper einer Frau in Bikini zeigte, ausziehen. Wir nahmen uns die Gläser mit dem restlichen Wein, setzten uns auf das Sofa und ich zog sie in meinen Arm. Sie legte ihren Kopf an meine Schulter und ich küsste ihren Scheitel. Ich dachte grade noch, das Gefühl sollte niemals enden, als sie sich ruckartig erhob und mich panisch ansah.

"Wir haben den Käse vergessen! Bin sofort wieder da!", sie lief in die Küche und ich konnte mich kaum noch halten vor Lachen. Ich hörte die Kühlschranktür, dann die Ofentür, ein leises >verdammter Mist< und dann viel gepolter. Als sie wieder vor mir stand, hatte sie einen nassen Lappen um ihre Hand und zwischen ihren Augen war eine kleine Falte zu sehen.

"Hast du dich verbrannt?"

"Nein, bei uns in der Familie ist es ein Ritual, mit nass verbundenen Händen auf Lasagne zu warten", ich zog sie zu mir runter, sodass sie rittlings auf meinem Schoß zum Sitzen kam.

"Frau Hennings, höre ich da etwa Sarkasmus raus?"

"Nein, da müssen Sie sich verhört haben, Herr Thielemann. So was würde mir doch im Traum nicht einfallen!", der Sarkasmus in ihrer Stimme war kaum zu überhören, als stellte ich mein Glas Wein zur Seite und fing an sie zu kitzeln. Sie lachte und versuchte sich zu wehren, was natürlich nicht klappte. Nach mehreren Minuten kreischen und flehen ließ ich von ihr ab und sie legte, vollkommen fertig, ihre Stirn an meine Schulter.

„Das war gemein!"

„Ja, vielleicht, aber immerhin hatten wir Spaß dabei!"

„Wir? Du vielleicht! Für mich war das die reinste Folter!"

„Davon habe ich nichts gemerkt, wie denn auch, du hast ja die ganze Zeit gelacht!", ich schmunzelte sie an und sie kicherte an meinen Hals. Ich hatte meine Hände auf ihrem Rücken und fing an, diesen zu kraulen. Sie legte beide Hände auf meine Brust und drückte sich etwas ab, um mir in die Augen zu sehen. Auf einmal beugte sie sich zu mir runter und presste ihre Lippen auf meine. Ihr Kuss war sanft und leicht, wurde aber schnell fordernd. Sie öffnete ihre Lippen, um meiner Zunge Einlass zu gewähren. Ich griff mit einer Hand ihren Nacken und konnte so die Kontrolle fordern. Unsere Zungenspiele wurden immer wilder und in meiner Hose fing es an zu zucken, was auch ihr nicht verborgen blieb. Ihre Hände mittlerweile in meinen Nacken gekrallt, fing sie an ihre Hüfte auf mir kreisen zu lassen. Ich konnte mir ein leises Stöhnen nicht verkneifen und auch sie stöhnte in meinen Mund. Unsere Körper bewegten sich im selben Takt und ich konnte schon spüren, wie es sich in mir anstaute. Auch sie signalisierte mir mit jeder Faser, dass es nicht mehr lange dauern wird.

„Linda, wenn wir so weitermachen, dann ... oh mein Gott!", ich konnte nicht mehr klar denken, mein Blut sammelte sich nur noch an einer Stelle. Der Anblick, wie sie sich keuchend an meiner Härte das nahm, was sie brauchte, war einfach zu geil. Sie bewegte ihre Hüften immer wilder, ihre Küsse wurden fordernder und ihr Stöhnen lauter, wir würden beide jeden Moment explodieren. Mit einem Mal versteifte sie sich auf mir und fror ihre Bewegungen ein. Ihre Stirn knallte gegen meine und sie fing an zu lachen. Und jetzt hörte ich auch warum. Der Ofen piepte wie wild vor sich hin und wollte uns damit sagen, dass die Lasagne fertig ist. Jetzt fing auch ich an zu lachen.

„Die Götter der heiligen Lasagne haben uns soeben mitgeteilt, dass wir mit den Spielchen aufhören sollen, um ihnen zu frönen!", nun lachten wir beide noch mehr, ihr Humor war einfach zuckersüß.

„Komm, bevor wir die Götter noch beleidigen, indem wir sie anbrennen lassen, sollten wir in die Küche gehen."

Ich gab ihr noch einen Kuss auf den Mund, knallte meine Hände auf ihren Hintern und stand einfach auf. Mit einem kurzen Schrei klammerte sie ihre Hände wie ein Äffchen um meinen Nacken, ihre Beine um meine Hüfte. Ich setzte sie auf die Anrichte, zog mir die Ofenhandschuhe an und nahm die Lasagne aus dem Ofen, ohne mich zu verbrennen.

„Tut deine Hand eigentlich noch weh?", mittlerweile war sie von der Anrichte gesprungen und nahm Teller aus dem Schrank.

„Nein, ich hatte ja eine gute Ablenkung!", sie zwinkerte mir zu und ich lächelte zurück. Die Ablenkung war wirklich gelungen, seit meiner Jugend hatte ich keinen Trockenfick mehr und noch nie in meinem Leben so einen guten. Auch, wenn wir es nicht zu Ende bringen konnten, war ich vollkommen befriedigt, alleine ihr so nah zu sein und ihre Erregung zu spüren, war unglaublich intensiv. Wir verteilten die Lasagne auf die Teller und setzten uns an den kleinen Küchentisch. Wir genossen das leckere Essen in Stille, spülten danach zusammen alles ab und gingen wieder ins Wohnzimmer. Da wir uns bei allem eine Menge Zeit gelassen hatten, wurde es sehr spät, und da wir am nächsten Morgen beide arbeiten mussten, ließ die Verabschiedung nicht mehr lange auf sich warten.

„Danke für den tollen Tag, den tollen Ort, einfach für alles!", sie hatte ihre Hände hinter meinem Kopf verschränkt, stand auf Zehenspitzen und küsste mich sachte auf den Mund. Ich drückte sie fest an mich und hob sie etwas an, damit mein Mund für sie besser zu erreichen war.

„Nichts zu danken, ich würde dir die ganze Welt zeigen, nur um in deiner Nähe zu sein."

Ihr Gesicht bekam eine leichte Röte und sie lächelte mich verlegen an. Grade, als ich sie noch mal küssen wollte, klingelte ihr Handy. Ich stellte sie auf den Boden zurück und bedeutete ihr, dass sie ruhig rangehen soll.

„Es ist nur Helena, ich sag ihr eben Bescheid, dass ich sie zurückrufe!", sie ging ran und das Gespräch dauerte keine Minute.

„Mir fällt grade auf, dass ich deine Handynummer gar nicht habe. Würdest du sie mir geben?", sie blinzelte mir entgegen und ich war froh, dass sie daran gedacht hatte.

„Nur, wenn ich deine auch bekomme."

Wir tauschten also unsere Nummern aus, gaben uns noch einen intensiven, langen Kuss und verabschiedeten uns. Ich war dieser Frau so was von verfallen.

Kapitel 9
Linda

Julian: Sehen wir uns morgen früh in der Bäckerei?
Linda: Ich denke, die liegt gar nicht auf deinem Weg?
Julian: Aber auf deinem!
Linda: Dann sehen wir uns morgen.

Was für ein Tag. Ich lag auf meinem Bett, hatte mich in meine Decke gekuschelt und grinste vor mich hin. Er hat es wirklich geschafft, dass dieses scheiß Grinsen nicht mehr von meinem Gesicht wollte. Seine Art, mich zum Lachen zu bringen, seine Berührungen, seine Offenheit, alles machte mich so glücklich. Und dann erst die Aktion auf dem Sofa, so etwas habe ich noch nie erlebt. Klar, ich hatte schon Trockenficks mit Marius, bevor wir es zum ersten Mal getan haben, aber die haben mich immer nur heißgemacht. Bei Julian wäre ich aber fast gekommen! Naja, ich wäre gekommen, wenn der scheiß Ofen nicht gepiept hätte. Seine riesige Härte zu spüren hat mich einfach um den Verstand gebracht. Ich konnte nicht anders, als meine Hüften kreisen zu lassen, damit ich meine Lust an ihm stillen konnte. Dabei seine Küsse und seine Hände, die mich so festhielten, es war einfach unglaublich erregend. So erregend, dass ich mir, kurz nachdem er weg war, selber aushelfen musste. Und nun lag ich hier und wusste, dass Helena auf meinen Anruf wartet, also wählte ich ihre Nummer.
„Habt ihr gefickt?"
„Hallo Helena, auch schön dich zu sprechen!"

„Jaja, spar dir die Förmlichkeiten. Habt ihr oder habt ihr nicht?"

„Nein, haben wir nicht. Also … nicht richtig …"

„Was heißt denn hier >nicht richtig<? Kannst du mal bitte konkret werde? Ich warte schon seit Stunden da drauf!"

„Ja … also … wir hatten einen richtig heißen Trockenfick auf meinem Sofa, den wir aber nicht zu Ende bringen konnten, da wir gestört wurden! Aber Helena, der ganze Tag war so perfekt, er hat mich zu einem Weiher mitgenommen, an dem er immer mit seinem Vater …!"

„IHR HABT TROCKENGEFICKT? UND WURDET UNTERBROCHEN? Wer hat euch unterbrochen? Habt ihr danach weitergemacht? Ich brauche Details!"

„Der Ofen hat uns unterbrochen, da unsere Lasagne fertig war und nein, wir haben danach nicht weitergemacht!"

„Warum denn nicht? Und warum war es überhaupt nur ein Trockenfick?"

„Oh man, Maus! Interessierst du dich nur dafür oder möchtest du auch noch hören, was wir sonst so gemacht haben?"

„Wir müssen morgen beide Arbeiten und wir haben es schon echt spät, das ganze romantische Zeug kannst du mir auch wann anders noch erzählen!"

„Na gut, du hast ja recht. Ich weiß auch nicht, wir haben uns geneckt und plötzlich saß ich dann rittlings auf seinem Schoß. Dann hat er angefangen mich zu kraulen und ich habe ihn geküsst … also so richtig … und scheinbar hat ihn das geil gemacht, er hat nämlich einen mächtigen Ständer bekommen. Oh man, Helena, der fühlte sich riesig an! Ich glaube, ich werde

platzen, wenn wir es tun!"
„Ahhhhhhh, du hast also vor mit ihm zu vögeln! Und mach dir keine Sorgen, der wird schon passen! Ich wünschte, ich könnte bei deiner Entjungferung 2.0 auch dabei sein, immerhin lag ich bei der Ersten auch fast neben euch!"
„Du lagst besoffen im Zimmer gegenüber!"
„Ja, aber es fühlte sich an, als wäre ich dabei gewesen, okay? Lass mir doch meinen Spaß. So, jetzt träum schön von deinem sexy Anwalt und ich komme morgen Abend bei dir vorbei, dann darfst du mir auch alles erzählen!"
„Zu gütig! Schlaf gut!"
Nachdem wir aufgelegt hatten, kuschelte ich mich noch einmal mehr in meine Decke, machte die Augen zu und schlief zufrieden ein.

>Es ist 06:00 Uhr früh, es wird ein sonniger Start in die Woche!<, heute durfte der Wecker mal stehen bleiben. Meine morgendliche Routine wurde auch mit einem Lächeln auf den Lippen vollzogen. Wie konnte es nur sein, dass ein Mann mich nach wenigen Stunden Zweisamkeit, schon so verrückt machte? Aber egal was es war, ich hatte mir vorgenommen, es zu genießen!

„Hallo, Kindchen! Wie war dein Wochenende? Möchtest du alles so wie immer?"
„Guten Morgen, Rosi! Ja, alles so wie immer. Mein Wochenende war großartig …", ein Schnauben hinter mir, ich sollte den gestressten Vater beim nächstem Mal einfach vorlassen. >Ding-Dong< da war das Kribbeln, auf das ich mich den ganzen Morgen gefreut hatte. Rosi gab mir die Brötchen und den

Kaffee, zwinkerte mir zu und nahm dann die Bestellung des nervigen Vaters auf. Ich drehte mich derweilen um und lief direkt in seine Arme.

„Guten Morgen, schöne Frau! Ich hoffe, du hast gut geschlafen?"

„Guten Morgen, schöner Mann! Ich habe geschlafen wie ein Baby und du?"

„Ich glaube, ich habe in meinem Leben noch nie besser geschlafen!", damit beugte er sich zu mir runter und gab mir einen sanften, aber intensiven Kuss. Seine starken Arme hielten mich fest und ich konnte mich vollkommen in dem Gefühl fallen lassen. Ich schwebte auf Wolke 7 und hatte das Gefühl, immer weiter zu steigen. Ich merkte gar nicht, dass wir mittlerweile alleine in der Bäckerei waren, nur Rosi hinter uns machte sich mit einem wohligen Stöhnen bemerkbar.

„Hach, wie schön euch so glücklich zu sehen! Wie sehr habe ich mir das die ganzen Wochen gewünscht! Das hat man doch sofort gesehen, dass da etwas zwischen euch ist! Sagt schon, Kinder, wie habt ihr zueinandergefunden?"

„Das ist eine lange Geschichte, Rosi, die erzähle ich dir mal bei einem Stück Kuchen! Leider muss ich gleich arbeiten", sie guckte mich traurig, aber verständnisvoll an.

„Herr Thielemann, was kann ich Ihnen denn Gutes tun?"

„Ich nehme dasselbe, wie Linda, danke." Nun gab sie auch ihm Brötchen und Kaffee und wir gingen Hand in Hand aus der Bäckerei. Er ging in Richtung seines Autos und zog mich quasi hinterher.

„Du glaubst doch wohl nicht, dass ich dich jetzt das letzte Stück laufen lasse? Du fährst schön mit mir mit." Diesem Lächeln konnte man einfach nicht widerstehen, außerdem war ich eh schon etwas später dran und die 20 Minuten Fußweg hätte ich sonst hetzen müssen.

„Nicht das ich mich an so viel Luxus gewöhne, Herr Thielemann."

„Daran können Sie sich gerne gewöhnen, Frau Hennings, denn so schnell werden Sie mich nicht mehr los!", er hielt mir die Tür auf, gab mir noch einen Kuss und ich glitt auf den Beifahrersitz. Wir fuhren in die Tiefgarage der Kanzlei seines Vaters und er parkte auf seinem Parkplatz, der durch das Kennzeichen an der Wand reserviert war.

„Leider habe ich heute sehr viele Termine, sonst hätte ich dich gerne am Mittag zum Essen ausgeführt."

„Ist doch nicht so schlimm, uns bieten sich bestimmt noch mehrere Möglichkeiten. Sag mal, wie komme ich denn jetzt von hier aus auf die Arbeit?", verwundert sah ich mich um und konnte nur einen Aufzug entdecken.

„Ich zeig dir den Weg, komm mit!", er ging vor, nahm eine Karte aus seiner Anzugstasche und hielt sie vor einen Sensor am Aufzug. Sofort öffneten sich die Türen.

„In den Aufzug kommt man nur mit einer Schlüsselkarte, dahinten sind noch die Treppen, aber die werden eigentlich nur zu Fluchtzwecken genutzt." Ich war von allem noch so überrumpelt, dass ich nichts sagen konnte. Ich hasste Aufzüge, aber das wollte ich mir in dem Moment nicht anmerken lassen. Also machte ich kurz die Augen zu und hoffte, dass alles schnell vorbei sein würde. Julian schien bemerkt zu haben, dass ich mich nicht sehr wohl fühlte, denn er zog mich in seine Arme und gab mir einen Kuss auf den Scheitel.

„Das nächste Mal nehmen wir die Treppen."

Oben angekommen wurden wir auch schon von einer älteren Frau an einem Empfangsschalter begrüßt. Wir gingen an ihr vorbei und ich konnte rechts von uns den großen, gläsernen Ausgang des Gebäudes sehen. Alles war sehr prunkvoll und wirke etwas abgehoben. Es gab sogar eine Lounge mit großen Sesseln und einer eigenen Kaffeebar, wir hatten mal grade einen Kaffeeautomaten. Und das, was daraus kam, war nun wirklich nicht mit Kaffee zu vergleichen.

„Hast du noch ein paar Minuten Zeit oder willst du direkt rüber?", noch bevor ich antworten konnte, hörte ich hinter uns schon eine bekannte Stimme.

„Brüderchen, Linda, schön euch zusammen zu sehen!", es war Philip und er kam mit offenen Armen auf uns zu. Er nahm mich in den Arm und klopfte dann Julian auf die Schulter.

„Damit hätte ich nicht gerechnet, ich hätte ja gedacht, dass du es voll verkackst!", er grinste über beide Ohren.

„Philip, würdest du bitte schon mal hochgehen?", Julians Gesicht war rot, vor Scham oder vor Wut, ich wusste es nicht. Jedenfalls fand er die Situation nicht so lustig wie sein Bruder. Ich aber schon, also konnte ich mir ein leichtes Glucksen nicht verkneifen. Er sah, immer noch böse, zu mir rüber und seine Miene wurde sofort weicher.

„Frau Hennings, sind Sie etwa derselben Meinung wie mein dummer, arroganter Bruder?", er verschränkte die Arme vor der Brust, Philip boxte ihm auf die Schulter und ich lachte jetzt etwas mehr.

„Naja, wäre ich nicht so überaus verständnisvoll und naiv gewesen, hätten Sie wohl auch verkackt!"

Sein Bruder lachte schallend los und Julian zog mich in seine Arme und fing an mich zu kitzeln. Seinen Mund direkt an meinem Ohr, flüsterte er mit einer viel zu rauen, dunklen Stimme „na warte, das bekommst du noch wieder!" und mein Unterleib fing plötzlich an zu pulsieren. Jedes Haar an meinem Körper stand ab und ich bekam eine Gänsehaut, die man wahrscheinlich durch die Bluse sehen konnte. Seine Stimme und seine Worte lösten etwas in mir aus, was ich noch nicht gekannt hatte. Eine Lust, die ich nicht beschreiben konnte. Ich sah ihn mit verschleiertem Blick an und seinen Mund zierte ein schiefes Lächeln, dass so viel Erregung und Arroganz zeigte, dass ich schon fast von dem Anblick gekommen wäre.

„Okay, ich scheine jetzt wohl zu stören. Julian, wir sehen uns oben. Linda, ich wünsche dir einen schönen Tag und hoffe, dass wir uns bald öfter sehen!", er klopfte uns beiden kurz auf den Rücken, aber wir konnten unseren Blick nicht voneinander lösen. Meine Hände wanderten von seiner Brust in seinen Nacken und ich zog ihn zu mir runter. Unsere Lippen prallten aufeinander und wir küssten uns wild und fordernd. Seine Hände griffen fest um meine Taille und ich konnte seine Härte an mir spüren. Alles um uns herum war egal, es gab nur noch ihn und mich, nur noch diesen Moment. Diesen Moment, der durch das Schlagen der Uhr unterbrochen wurde.

„Oh, Fuck! Ich komme zu spät!", ich schaute panisch auf die große Uhr über dem Empfangsschalter und löste mich aus seinen Armen, „warum vergesse ich nur immer die Zeit, wenn ich mit dir bin?"

„Ich nehme das Mal als Kompliment …", er nahm

meine Hand, küsste sie und küsste mich dann noch auf den Mund „… ich schreibe dir später!", er brachte mich noch vor die Tür und ging dann wieder rein, aber nicht ohne mir noch ein bezauberndes Lächeln zu schenken.

Die Arbeit verging wie im Flug, so war es montags immer. Bei der Besprechung, die täglich stattfindet, hat eine meiner Kolleginnen offenbart, dass sie schwanger ist. Schon die dritte Frau in diesem Halbjahr, woraufhin mein Chef den Mettmittwoch eingeführt hat. Da Schwangere kein Mett essen dürfen, konnte er so früh genug erkennen, wer die nächsten Monate fehlen würde. Da niemand etwas gegen ein kostenloses Frühstück hatte, wurde dem zugestimmt. Zurück auf meinem Platz, spürte ich gleich mehrere Male seine Blicke, dieses Kribbeln im Nacken hatte sich durch den Kontakt nicht geändert, nein, es hatte sich verschlimmert. Ich spürte es jetzt am ganzen Körper. Einmal konnte ich ihn auch erkennen, er stand am Fenster eines Raumes im 13. oder 14. Stockwerk. Die Macht, die er in diesem Moment ausstrahlte, ließ wieder alles in mir pulsieren und ich konnte mich eh den ganzen Tag kaum entspannen, da ich noch vom Morgen so erregt war. Kurz vor Feierabend kam Manuela, die Empfangsdame der Chefetage, in mein Büro.

„Linda? Am Empfang steht ein Mann für dich, er sagt, er wolle die schönste Frau des Gebäudes abholen und der ist *echt heiß*! Schon Susanne vom Hauptempfang hat gesagt, dass sie einen Adonis zu uns hochschickt! Wenn was zwischen euch läuft, sag mir bitte, er hat noch einen Zwillingsbruder, mit dem du mich verkuppeln kannst!"

„Sorry, er hat zwar einen Bruder, aber der ist verheiratet! Außerdem ist das zwischen uns nichts Ernstes … also … irgendwie … glaube ich zumindest … keine Ahnung!"

„Bei aller Liebe: schnapp ihn dir! Wenn du es nicht tust, gibt es hier im Haus ungefähr 150 Frauen, die ihm sofort die Kleider vom Leib reißen würden. Ich wäre übrigens eine davon!", sie zwinkerte mir zu und gab mir dann zu verstehen, dass sie ihn in mein Büro schickt. Ich stand auf und glättete mit meinen Händen meine Bluse, zog meinen hohen Pferdeschwanz noch mal fest und stellte mich vor meinen Schreibtisch. Die Tür ging auf und Julian trat ein.

„Ich hoffe, ich störe nicht?"

„Nein, ich habe ja eh in wenigen Minuten Feierabend!"

„Deswegen bin ich hier, ich würde dich gerne nach Hause fahren. Das Wetter hat sich ganz schön zugezogen und ich möchte nicht, dass du nachher noch durch den Regen rennen musst."

„Das ist wirklich total nett von dir, aber mir macht es nichts aus zu laufen. Ich habe auch immer einen Notfallschirm in der Tasche, zudem muss ich noch im Supermarkt vorbei."

„Ich will dir ja nichts aufzwingen, aber das Praktische an so einem Auto ist, dass man es dahin steuern kann, wohin man will. Auch zu einem Supermarkt!", er zwinkert mir zu und setzt wieder sein verdammt gemeines sexy Grinsen auf.

„Okay, unter einer Bedingung! Du bleibst zum Essen!"

„Wie könnte ich dazu >nein< sagen?", er kam auf mich zu, legte seine Arme um meine Hüfte und strich mit seinen Lippen über meinen Nacken, hoch zu meinem Kinn und berührte ganz sacht meine Lippen. Ich zerschmolz unter seinen Berührungen, meine Knie zitterten und ich hatte Angst, dass sie nachgeben. Ich erwiderte seinen Kuss und verschränkte meine Hände in seinem Nacken, was ihm ein leises Stöhnen entlockte. Unser Kuss wurde intensiver, meine Zunge erkundete jeden Millimeter seines Mundes und er tat es mir gleich. Ich spürte schon wieder das Pochen in meiner Mitte und mein Höschen durfte mittlerweile durchnässt sein, auch er konnte seine Erregung nicht vor mir verstecken. Er packte mit beiden Händen unter meine Pobacken und hob mich mit einem Ruck auf meinen Schreibtisch. Ich glitt mit meiner Zunge an seiner Wange vorbei, runter zu seinem Hals, bis ich an dem Kragen seines Hemdes angelangt war. Ich küsste und leckte an diesem vorbei, lockerte dabei seine Krawatte und öffnete die ersten Knöpfe. Seine Haut schmeckte unglaublich herb und salzig, sie schmeckte nach mehr und genau das wollte ich mir jetzt holen. Vollkommen ausgeblendet, dass wir noch immer in meinem Büro waren, griff ich in sein Hemd und streichelte über seine Brust, sie fühlte sich fest und muskulös an, seine Haut dagegen war samt und weich. Er legte seinen Zeigefinger unter mein Kinn und hob es an, sodass er mir direkt in die Augen sehen konnte, mit einem Blick, der pures Verlangen ausstrahlte. Auch meine Augen waren vor Lust verschleiert, bis auf einmal die Tür zu meinem Büro aufging.

„Frau Hennings, können Sie mir bitte für morgen noch die Unterlagen von … oh … komme ich ungelegen?", der Blick meines Chefs ging zu mir, zu Julian und wieder zurück zu mir. Julian löste sich sofort und ging auf Herr Bertels zu, während ich vor

Scham im Erdboden versank.

„Julian Thielemann, schön Sie kennenzulernen, Herr Bertels?"

„Ja, genau der steht vor Ihnen! Thielemann, wie die Kanzlei?"

„Das ist richtig, es ist die Kanzlei meines Vaters, in der auch ich tätig bin."

„Ich bin schon jahrelang in Ihrem Kundenstamm und ihr Vater ist ein guter Freund, trotzdem muss ich doch Fragen, was sind Ihre Absichten mit meiner besten Mitarbeiterin?", jetzt war es Julian, der rot anlief. Völlig sprachlos stand er vor ihm und mein Chef blieb vollkommen ernst. Ich konnte aber nun nicht mehr an mir halten und fing lauthals an zu lachen, woraufhin mein Chef mit einstieg. Julian verstand jetzt gar nichts mehr und schaute mich fragend an!

„Mach dir nicht ins Hemd, Herr Bertels macht doch nur Spaß!"

„Entschuldigung, aber den Scherz konnte ich mir nicht verkneifen. Dann will ich euch mal nicht stören, aber nur ein kleiner Hinweis von mir, die Leute von gegenüber, also von Ihrer Kanzlei, können genauso in dieses Büro gucken, wie sie auch in deren", damit, und mit einem Schmunzeln auf den Lippen, verabschiedete er sich und wir waren wieder alleine im Büro. Julian kam näher und ließ seinen Kopf an meinen Hals fallen.

„Oh Gott, war das peinlich!"

„Das war noch gar nichts! Ich werde mir wahrscheinlich morgen den ganzen Tag dumme Sprüche anhören dürfen, du hast ja gemerkt, wie mein Chef drauf ist. Dass er mir nicht noch ein High Five gegeben hat, war ja wohl das Mindeste." Er gluckste nun an meinem Hals, was mir sofort wieder eine

Gänsehaut bescherte.

„Da fällt mir grade was ein, du kannst ja auch in mein Büro gucken, aber ich habe dich vorher nie gesehen! Wo warst du da?"

„Siehst du ganz oben die verspiegelten Fenster? Da befindet sich mein Büro, genau wie das von meinem Vater und meinem Bruder."

„Wow, ich wusste gar nicht, dass das auch noch zu eurer Kanzlei gehört. Du musst ja einen tollen Ausblick haben von da oben."

„Die einzige schöne Aussicht, die ich aus meinem Büro habe, sitzt hier am Schreibtisch!", er küsste mich auf meine Wange und zog mich dann an seine Brust. Als wir uns lösten, nahm ich meine Tasche und wir gingen los. Kurz, nachdem ich meine Bürotür schloss, nahm er meine Hand und wir gingen Richtung Treppenhaus, denn auch hier mied ich die Aufzüge. Jede Frau, die uns entgegenkam, schenkte mir einen anerkennenden Blick und schmachtete Julian an, er war einfach so schön, dass keine Frau ihm widerstehen könnte. In der Tiefgarage angekommen, setzten wir uns ins Auto, er legte wie immer seine Hand auf mein Knie und wir fuhren Richtung Supermarkt.

Zu Hause angekommen gingen wir sofort in die Küche und Julian stellte die Tasche mit den Einkäufen ab. Ich fing an die Tasche auszuräumen und er ging in den Flur, um sein Sakko an die Garderobe zu hängen. Seine Krawatte hatte er im Auto schon ausgezogen und die ersten 3 Knöpfe seines Hemdes waren noch immer offen. Er sah unglaublich gut aus. Er umrundete die kleine Kochinsel, stellte sich hinter mich und verschränkte seine Hände vor meinem

Bauch.

„Du verlangst jetzt bestimmt wieder, dass ich die tolle Schürze anziehe, oder?"

„Ich will doch nur dein Bestes…", sagte ich ihm lachend „… nicht, dass dein weißes Hemd nachher noch Flecken bekommt! Du kannst auch gerne meine Schürze anziehen, pink steht dir bestimmt gut!"

„Na, wenn das so ist …"

Kapitel 10
Julian

Sie wollte also nicht, dass mein Hemd beschmutzt wird. Da fiel mir natürlich etwas Besseres ein, als eine Schürze zu tragen. Ich drehte sie mit einem Schwung zu mir herum und knöpfte mir langsam, mit meinem verführerischsten Lächeln auf den Lippen mein Hemd auf. Ihr Blick war unvergleichlich, ihre Augen waren weit aufgerissen und ihre Lippen leicht geöffnet. Ich zog mein Hemd aus der Hose und ließ es über meine Schulter nach unten gleiten, wo es achtlos auf dem Boden zum Liegen kam. Ihre Augen waren nun auf meine nackte Brust gerichtet und ihr Blick vor Lust verschleiert. Ich konnte schon den ganzen Tag an nichts Anderes denken, als sie um den Verstand zu vögeln, ihr alles zu geben und ich wusste, dass sie es genauso brauchte. Nach unserem Kuss heute Morgen wollte sich mein Schwanz nicht mehr beruhigen.

Nein, das war kein Kuss, unsere Zungen haben hemmungslos miteinander gefickt. Jedenfalls hat es die Aktion in ihrem Büro nicht besser gemacht, und als sie sich im Supermarkt auch noch gebückt hat, um eine Tüte Milch zu holen, gingen meine Gedanken völlig mit mir durch. Wie ich sie an dem Regal von hinten nehme, sie meinen Namen durch den ganzen Laden schreit und wir gemeinsam explodieren. Alleine die Vorstellung lässt meinen Schwanz zucken. So lang habe ich auf Frauen verzichtet, hatte keine Lust auf Sex aber diese Frau, diese wunderschöne, intelligente und absolut anbetungswürdige Frau weckt das Verlangen in mir und das seit der ersten Minute.

Ich ging näher auf sie zu und strich ihr eine Strähne hinters Ohr, um dieses freizulegen. Ich beugte mich zu ihr runter und nahm ihr Ohrläppchen zwischen meine Lippen, saugte und knabberte daran, ließ meine Lippen weiter nach unten gleiten und blieb genau an der Stelle, an der ich ihren Pulsschlag spüren konnte. Er schlug so verdammt schnell, hatte denselben Takt wie meiner. Meine Hand griff in ihre Haare und ich zog ihren Kopf zur Seite, damit ich ungehindert an ihren Hals kam. Mit meiner anderen Hand an ihrer Hüfte, zog ich sie näher an mich ran und presste meine Härte gegen ihren Körper, was ihr ein leises Stöhnen entlockte. Sie krallte ihre Hände in meinen Nacken und zog mich an ihre Lippen, die sie wild und fordernd auf meine presste. Unsere Zungen verhakten sich ineinander und wollten nicht mehr getrennt werden. Ich knallte meine Hände auf ihren viel zu heißen Arsch, hob sie hoch und sie verschränkte ihre Beine sofort hinter meinem Rücken.

Mit meiner Härte genau an ihrer Mitte, ließ ich meine Hüften kreisen und wir stöhnten gleichzeitig auf. Vollkommen außer Atem löste sie sich von mir, „Schlafzimmer?" fragte sie keuchend und ohne ihre Frage zu beantworten, trug ich sie aus der Küche. Im Schlafzimmer angekommen, legte ich sie auf ihr Bett und vergrub meine Zunge wieder in ihrem Mund, dahin, wo sie einfach hingehörte. Ihre Hände krallten sich in meinen Haaren fest und sie zog meinen Kopf ziemlich unsanft nach hinten, was mich noch wilder machte. Mit einem Mal verlagerte sie ihr Gewicht und ich lag auf dem Rücken, ihr vollkommen ausgeliefert, da sie rittlings auf mir saß und ihre Hände meine Handgelenke über meinem Kopf fixierten. Sie beugte sich zu mir runter und saugte meine Unterlippe ein, knabberte daran und widmete sich dann meiner Zunge, mit der sie Selbiges tat. Ich kann mich nicht daran erinnern, schon mal so geküsst worden zu sein, so wild und gleichzeitig so sanft. So voller Sex und voller ... Liebe. Sie ließ von mir ab und setzte sich auf, ihre Hände lösten sich von meinen, wir guckten uns direkt in die Augen als ihre Hände über meine Brust, runter zu meinem Bauch, über jeden einzelnen meiner Muskeln strichen. Sie wanderten weiter runter, über meinen Schaft, der mittlerweile so hart war, das es schon schmerzte, aber dort verweilten sie nicht. Sie bewegte ihre Hände zu ihrer Mitte, über ihren Bauch, hoch zu ihren Brüsten und knöpfte ihre Bluse auf. Dabei fing sie an ihre Hüften kreisen zu lassen, mit ihrer Mitte direkt an meinem wie wild zuckenden Schwanz. Es war wie bei unserem Trockenfick, nur das die Aussicht, wie sie sich langsam auszog und ihre Brüste knetete mich fast schon um den Verstand brachte. Ihre Bluse landete auf dem Boden und ihre Hände widmeten sich nun meiner Hose. Sie öffnete den Knopf, dann den Reißverschluss und dann ... dann klingelte es.

„Nein. Nein. NEIN! Das darf doch nicht wahr sein!", sie ließ ihren Kopf nach vorne schnellen und knallte mit der Stirn an meine Brust. Ich nahm sie in eine Umarmung und streichelte ihren Rücken.

„Hey, schau mich an", ich nahm ihr Kinn zwischen Zeigefinger und Daumen, „geh einfach kurz gucken, wer vor der Tür steht und ich merke mir so lange, wo wir stehen geblieben sind!"

„Als könnte ich *das* grade vergessen!", sie gab mir einen klitzekleinen Kuss auf die Lippen, ging zu ihrem Schrank, nahm ein T-Shirt raus und zog es sich über.

„Bin sofort wieder da, wehe du machst ohne mich weiter!", ihr gespielt ernster Blick war zuckersüß, ich konnte mir ein Lachen nicht verkneifen. Sie war einfach so perfekt, jede Faser ihres Körpers machte mich süchtig nach ihr und ich wusste, dass sie *die eine* ist. Das wusste ich von der ersten Minute und ich werde es auch noch in der Letzten wissen. Durch ein lautes Kreischen wurde ich aus meinen Gedanken gerissen, ich sprintete sofort los, riss die Schlafzimmertür auf und stand direkt vor Helena, die mich mit großen Augen von oben bis unten musterte.

„HOLY SHIT! Arbeitest du nebenbei bei Abercrombie & Fitch? Du siehst ja aus wie durch jeden Filter in meinem Handy gezogen!", ich sah amüsiert zu Linda, die sich nur noch die Hand vor die Stirn hielt, ihr war die ganze Situation sichtlich unangenehm.

„Sorry, Julian. Ich hatte ganz vergessen, dass sie heute vorbeikommen wollte", sie biss sich auf die Unterlippe, was mich fast wieder hart werden ließ.

„Ehm ... wobei habe ich euch eigentlich grade gestört?", Linda und ich guckten uns an und mussten grinsen.

„Ach du Scheiße! Ihr habt gevögelt? Warum sagt ihr denn nichts? Habt ihr schon oder wolltet ihr grade? Meine Güte, warum macht ihr dann überhaupt die Tür auf? Habt ihr denn ..."

„HELENA, Luft holen nicht vergessen!", Linda war mittlerweile am Kichern und die erotische Stimmung, die noch vor 5 Minuten herrschte, war dahin.

„Der eigentliche Plan war es, zu kochen, aber Linda hatte solch eine Angst um mein Hemd, dass wir leider noch nicht dazu gekommen sind. Wie wäre es, wenn ich in die Küche gehe, für uns drei koche, und ihr macht es euch im Wohnzimmer bequem? Ich denke, du bist ja nicht umsonst hier!", ich zwinkerte Linda zu, die mich etwas peinlich berührt ansah.

„Können wir denn darauf vertrauen, dass uns dein Essen nachher nicht vergiftet?", fragte Helena schmunzelnd.

„Ich könnte Linda nie etwas antun und vor dir habe ich viel zu viel Angst!", die Mädels fingen an zu lachen und ich gab Linda einen Kuss auf den Scheitel, „ich ziehe mir grade was an und bringe euch dann ein Glas Wein."

Ich ging in die Küche, in der immer noch mein Hemd lag und hörte Helena hinter mir noch „du kannst auch ruhig oben ohne bleiben, das stört uns nicht" rufen. Wir wurden also schon wieder gestört, ich weiß nicht, wie lange mein Schwanz das noch mitmacht. Auch wenn er grade nicht steif war, jede Berührung, jeder Blick von Linda reichte aus, um ihn wieder hart werden zu lassen. Er schrie nach Erlösung und ich konnte mir so oft einen runterholen, wie ich wollte, es gab nur eine, die mir Linderung verschaffen könnte. Wenn ich nur an ihre heiße Mitte, die sich kreisend an meiner Härte bewegt denke ... nein, jetzt grade musste ich diesen Gedanken verdrängen. Ich schenkte also drei Gläser Wein aus, brachte meiner Liebe und ihrer besten Freundin je eins und genoss meines während des Kochens.

Kapitel 11
Linda

Jesus! Ich habe noch nie etwas Heißeres gesehen, als Julian oben ohne. Er war wirklich ein Adonis, durch und durch. Ich konnte nicht anders und musste ihn unter mich bringen, meine Klit pochte so stark, ich musste einfach Erlösung finden. Als ich dann meine Hüften kreisen ließ und meinen Kitzler an seinem harten Schwanz rieb, wäre ich schon fast explodiert. Dass es dann an der Tür geklingelt hat, musste ja so kommen. Immerhin war es nicht das erste Mal, dass wir in unserer Lust unterbrochen wurden. Eigentlich wollte ich die Klingel ignorieren, aber da sich sonst jeder Besuch ankündigt, könnte es etwas Wichtiges sein. Als ich die Tür öffnete und Helena vor mir sah, die mir einen Kuss auf die Wange gab und dann auf direktem Weg an mir vorbei ins Wohnzimmer ging, fiel mir wieder ein, dass sie heute vorbeikommen wollte.

„So Schnecke … willst du direkt mit dem Romantischen anfangen oder darf ich erst noch ein bisschen was von dem Schweinkram hören?", sie sah mich an und ich muss ziemlich verzweifelt ausgesehen haben, denn sie zog eine Augenbraue hoch und musterte mich von oben bis unten.

„Stimmt irgendwas nicht?"

„Ehm … Julian … er ist grade hier …!", sie schaute mich mit großen Augen an und fing an zu kreischen. Kurz darauf stand auch schon Julian bei uns und das Chaos war vollkommen perfekt. Natürlich konnte Helena ihre Gedanken NICHT für sich behalten und es wurde von Sekunde zu Sekunde peinlicher, zum Glück war Julian nun mal Julian und sah die Sache einfach nur locker. Als er dann noch sagte, dass er für uns kochen wollte, setzte mein Herz einen Schlag aus. Wie kann ein Mann nur so perfekt sein? Da musste es doch einen Haken geben.

„Zu aller erst: warum, verdammt noch mal, machst du in so einer Situation die Tür auf?"

„Ich hatte vergessen, dass du vorbeikommen wolltest und es hätte ja ein Notfall sein können! Du weißt, dass ich sonst nie Besuch bekomme."

„Okay, das lasse ich noch mal durchgehen! So und jetzt erzähl endlich. Ich will alles wissen!", ich erzählte ihr alles bis ins kleinste Detail, ihre Reaktionen gingen von >oh wie schööööön<, über >total romantisch< bis hin zu >ich hätte ihn schon da gefickt<.

„Sag mal, kann es sein, dass sich die kleine Lindi etwas verliebt hat?", sie wackelte mit den Augenbraun und schmunzelte vor sich hin.

„Verliebt? Nein … keine Ahnung … vielleicht ein bisschen … ich bin so verwirrt!", ich presste mir ein Kissen aufs Gesicht und schrie hinein, was Helena mit einem Kichern kommentierte. Noch bevor sie etwas sagen konnte, stand Julian hinter uns.

„Was hat das Kissen dir getan?", theatralisch hielt er sich eine Hand vor die Brust.

„Nichts, ich war grade nur etwas … ehm … Helena?", ich hoffte einfach nur, dass Helena *die* perfekte Ausrede für meinen kurzen Gefühlsausbruch hatte.

„Ehm … ich habe sie gefragt, ob sie sich in dich verliebt hat und auf einmal hat sie geschrien!", leider hatte ich vergessen, dass Helena noch schlechter

Lügen kann als ich und immer viel zu ehrlich ist. Julians Gesicht erhellte sich auf einmal und er schmiss sich zwischen Helena und mich aufs Sofa. Er wendete mir den Rücken zu und seine volle Aufmerksamkeit lag nun auf ihr.

„Hast du sie das wirklich gefragt?"

„Jap!"

„Und was hat sie dazu gesagt?"

„Hallo? Könntet ihr vielleicht nicht so tun, als wäre ich gar nicht hier?", doch sie beachteten mich überhaupt nicht.

„Das sie verwirrt ist, aber du musst sie mal von dir sprechen hören. Sie schwärmt sich einen zurecht."

„HELENA!"

„Das hört sich interessant an, was sagt sie denn so über mich?"

„Schluss jetzt!", ich stand auf und stürzte mich auf Julian, setzte mich seitlich auf seinen Schoß und hielt ihm die Ohren zu.

„Och Linda, es wird doch grade erst lustig!", Julian stimmte ihr lachend zu und zog mich näher zu ihm, in eine feste Umarmung. Ich nahm meine Hände von seinen Ohren und legte sie an seine Brust, meinen Kopf vergrub ich in seine Halsbeuge.

„Schönheit, bist du jetzt am Schmollen?", er kicherte immer noch leicht.

„JA!"

„Guck mich mal an", er legte seine Hand an meine Wange und ich schaute ihm direkt in die Augen „wow … du bist selbst schmollend noch die schönste Frau des Universums!"

An Schmollen war jetzt nicht mehr zu denken, denn in seinen Augen konnte ich sehen, dass er diesen Satz mehr als ehrlich meinte. Ich hatte mich vielleicht doch etwas mehr als nur >ein bisschen< verliebt.

„Ohhhh, ihr seid *so* süß! Ich geh mal eben in die Küche und guck bei dem Essen, seit bitte nur gleich angezogen, wenn ich wiederkomme. Obwohl, hör nicht auf mich, Julian, zeig was du hast!", lachend verschwand sie in der Küche.

„Ich verwirre dich also?"

„Nein, nicht du direkt. Meine Gefühle verwirren mich. Weißt du, ich habe nicht grade viel Erfahrung und die Erfahrungen, die ich gemacht habe, waren schlecht. Ich kann mich einfach noch nicht auf etwas Neues einlassen und ich hoffe, dass du mir das nicht übel nimmst?", fragend und hoffend schaute ich ihn an.

„Absolut nicht, wir haben alle Zeit der Welt! Baby, auf dich würde ich bis ans Ende meines Lebens warten! Möchtest du denn drüber reden? Ich kann fast so gut zuhören, wie ich küssen kann."

„Nicht wirklich ... vielleicht wann anders ... okay?"

„Ich habe immer ein offenes Ohr für dich, aber wenn du nicht reden willst, was willst du dann?", da war es wieder, dieses fucking sexy lächeln, das mein Höschen sofort durchnässte.

„Ich hätte da so eine andere Idee ...", ich nahm sein Gesicht in meine Hände und ließ unsere Lippen aufeinanderprallen. Unsere Zungen fanden sofort zueinander und bestritten einen wilden Kampf. Immer noch seitlich auf seinem Schoß sitzend, ließ ich mich nach hinten fallen und wurde von seinem starken Arm gehalten. Seine andere Hand strich an meinem Bein entlang, an der Hüfte vorbei, unter mein T-Shirt und kam auf meiner Brust zum Liegen. Er massierte diese mit leichtem Druck und strich mit seinem Daumen über meinen steifen Nippel, der sich unter dem dünnen Stoff meines BHs durchdrückte und ich seufzte in seinen Mund. Ich konnte seine Härte an meinem Hintern spüren, dass ich diejenige war, die ihn so schnell erregen konnte, machte mich nur noch wilder. Als ich anfing, mich auf ihm zu bewegen, schmiss er mich auf einmal aufs Sofa und kam zwischen meinen Beinen zum Liegen. Unsere Körper waren so nah aneinandergepresst, kein Blatt hätte mehr zwischen uns gepasst. Er hatte nun die Macht an sich gerissen, kontrollierte die gierigen Küsse und seine Hüften imitierten Stöße, sodass er meinen Kitzler mit seinem steinharten Schwanz massierte. Unser Atem war nur noch ein keuchen und wir stöhnten uns gegenseitig in den Mund. Unsere Körper standen so unter Spannung, dass wir jede Sekunde explodieren sollten.

„Soll ich noch mal in die Küche verschwinden oder wollen wir erst essen?", vor lauter Geilheit haben wir Helena total vergessen, die jetzt mit 3 Teller auf dem Arm vor uns stand. Julian vergrub seinen Kopf in meiner Halsbeuge und ich fing hemmungslos an zu lachen.

„Euch kann man auch keine 5 Minuten alleine lassen!", wir richteten uns auf, nahmen ihr die Teller ab, fingen an zu essen und redeten über Gott und die Welt. Helena und ich erzählten Julian aus unserer gemeinsamen Kindheit und Jugend, was uns allen viel zu Lachen brachte und er konnte im Endeffekt verstehen, warum unsere Eltern froh waren, als wir weggezogen sind. Wir hatten uns vollkommen verquatscht, und da wir alle am nächsten Tag arbeiten mussten, verabschiedeten wir uns. Helena umarmte Julian, was mich unglaublich freute, gab mir einen Kuss auf die Wange und zwinkerte mir dann lächelnd zu. Als sie durch die Tür verschwunden war, zog Julian mich in seine Arme und hielt mich einfach nur fest. Wir standen mehrere Minuten einfach nur da, ich konnte seinen Herzschlag hören und der Rhythmus hat mich gefangen genommen.

„Wie wäre es, wenn wir morgen nach der Arbeit zu mir fahren?"

„Sehr gerne, aber jetzt muss ich wirklich schlafen gehen, sehen wir uns morgen früh?"

„Wie jeden Morgen!", er gab mir einen liebevollen Kuss und legte danach seine Stirn an meine. Fast flüsternd sprach er gegen meine Lippen: „du bist wirklich was Besonderes!", er drehte sich um und ging die Treppen zur Haustür runter.

Kapitel 12
Julian

Nach der ausgiebigen Dusche, und dem zweimaligen Handanlegen, hatte sich mein Schwanz wieder etwas beruhigt. Diese Frau schaffte es wirklich, mich innerhalb von Sekunden so hart zu bekommen, dass ich alles um mich herum ausschaltete. Dass Helena sich noch in der Wohnung befand, hatte ich komplett ausgeblendet. Zum Glück kam sie noch früh genug rein, eine Minute länger und ich wäre vor ihren Augen vollkommen explodiert und ich weiß, dass es Linda genauso ging. Ich konnte das Pochen ihrer Klit durch unsere Hosen fühlen, was meinen Schwanz natürlich noch mehr anheizte. Selbst nur der Gedanke daran ließ mich fast schon wieder steif werden. Um den Gedanken schnell wieder aus dem Kopf zu bekommen, ging ich ins Wohnzimmer um mein Handy zu holen. Es befand sich eine SMS darauf und sie war von Linda.

Linda: Du bist auch etwas Besonderes! Schlaf gut :*

Nur ein kleiner Satz auf einem dummen Smartphone brachte mich zum Grinsen. Ich schrieb ihr noch zurück, dass ich von ihr träumen werde und legte mich dann hin. Morgen wollte sie mit zu mir kommen und ich wusste, dass uns hier nichts stören konnte. Sie war zwar nicht meine erste Frau, aber sie sollte sicherlich meine Letzte sein. Mit diesem Gedanken und einem fetten Grinsen im Gesicht schlief ich endlich ein.

Der nächste Morgen war grau und regnerisch. Das perfekte Wetter, um im Bett liegen zu bleiben, aber daran war überhaupt nicht zu denken, denn ich musste meine große Liebe in ihrer Lieblingsbäckerei abholen, um sie dann sicher auf die Arbeit zu bringen. Für diese Frau war mir nichts zu schade, also stand ich auf, ging Duschen und zog mir einen grauen Anzug und ein eng anliegendes schwarzes Hemd an. Vor der Bäckerei angekommen, stand sie schon vor der Tür, hatte zwei Tüten in der einen und zwei Becher Kaffee in der anderen Hand. Damit sie nicht durch den Regen laufen musste, parkte ich so nah es ging an dem Gebäude, stieg aus, nahm ihr den Kaffee ab, gab ihr einen Kuss auf die Wange und hielt ihr die Tür auf. Als wir dann beide endlich saßen und ich den Becher in die Halterung gestellt hatte, konnte ich sie richtig begrüßen. Ich nahm ihr Gesicht in meine Hände und gab ihr einen Kuss, in den ich jedes Gefühl, alle Liebe die ich für sie empfinde, reinsteckte. Ich musste sie einfach für mich gewinnen. Was auch immer sie an schlechten Erfahrungen gemacht hatte, ich könnte ihr nie etwas antun, ohne auch mich zu verletzen.

„Wow, Julian, das war … wow!"

„Du solltest jeden Tag, jede Stunde, jede Minute und jede Sekunde so geküsst werden, nichts Anderes hast du verdient!"

„Du machst mich wirklich … sprachlos!"

„Das war der Plan!", ich zog sie also wieder etwas näher und küsste sie noch mal, noch stundenlang hätte ich so weitermachen können, aber ich wollte nicht, dass sie schon wieder wegen mir zu spät auf der Arbeit erschien. Also beendete ich den Kuss, strich mit meinem Daumen über ihre Lippen, legte meine

Hand dann auf ihr Knie und fuhr los.

„Meine Güte, dich hat es ja wirklich so richtig erwischt!", mein Bruder saß vor mir, mit den Beinen auf meinem Schreibtisch, einem Sandwich in der Hand und hörte sich alles an, was gestern so passiert war.
„Und du hast wirklich für sie und ihre Freundin gekocht?"
„Ja, hab ich doch gesagt! Das war auch das Beste was ich machen konnte, ich stand kurz vorm Platzen."
„Und was wirst du jetzt tun? Wirst du hierbleiben?"
„Hab ich eine andere Wahl? Philip ... sie ist *die Eine*! Ich werde diese Frau irgendwann heiraten, ihr ein Haus kaufen, einen Baum pflanzen und mit ihr 17 Kinder zeugen!"
„Woaaah ... ich meine, Isabella freut sich bestimmt über Cousinen und Cousins, aber es müssen nicht gleich 17 sein!"
„Du weißt, wie ich das meine!", er biss in sein Sandwich und redete mit vollem Mund weiter, wie ein Neandertaler.
„Mein kleiner Bruder wird erwachsen, ich kann es noch gar nicht fassen! Ich würde mich jedenfalls freuen, wenn du hierbleibst und grade für Isabella ist es schön, wenn sie ihren Onkel öfter sieht."
„Jetzt muss ich das nur noch Dad verklickern! Was meinst du, wie er reagieren wird?"
„Ich denke, er wird froh sein. Julian, du fehlst uns hier wirklich! Du weißt, wie sehr Mum darunter leidet, dich so wenig zu sehen. Weiß sie eigentlich schon was von Linda?"
„Nein, ich habe sie seit Mittwoch nicht mehr gesehen."

„Ach du Scheiße! Sie wird ausrasten, wenn sie hört, dass DU verliebt bist! Wahrscheinlich fängt sie direkt an die Hochzeit zu planen, wie bei mir damals."

So war unsere Mutter, ein absoluter Familienmensch. Sie hat sich immer gewünscht, dass wir schnell heiraten und Kinder bekommen, unsere eigenen Familien gründen. Ich hätte nie gedacht, ihr Mal diesen Wunsch erfüllen zu können, aber mittlerweile war ich mir ziemlich sicher, dass ich es würde.

„Wer plant wessen Hochzeit?", mein Vater stand auf einmal mitten in meinem Büro und sah uns fragend an.

„Julian hat eine Frau kennengelernt, *die Eine!*"

„Weiß eure Mutter schon davon?"

„Nein, ich habe sie seit letzter Woche nicht mehr gesprochen."

„Sie wird ausrasten!", da mein Vater denselben Satz gesagt hatte, wie mein Bruder, konnten wir uns vor Lachen nicht mehr halten. Er setzte sich auf den Stuhl neben meinen Bruder und trank einen Schluck aus dem Kaffee, den er sich mitgebracht hatte.

„Wann dürfen wir sie denn kennenlernen? Die Frau muss ja echt was Besonderes sein, wenn sie dich um den Finger wickeln kann."

„Das ist sie auch, Julian mutiert wegen ihr sogar zum Stalker", wenn Blicke töten könnten, wäre mein Bruder auf der Stelle umgefallen.

„Philip? Halts Maul! Gebt uns noch ein bisschen Zeit, okay? Das ist alles noch so frisch und ich will sie nicht direkt mit meiner verrückten Familie verschrecken!", jetzt durfte ich mir böse Blicke zuwerfen lassen.

„Du hast ja recht, eure Mutter wird sie wahrscheinlich anfallen und nie wieder loslassen.

Dürfen wir denn jetzt darauf hoffen, dass du hierbleibst? Bei uns?"

„Wenn du jemand anderen findest, der die Kanzleien vertritt, dann ja … ich bleibe hier!", er sprang auf, kam um den Tisch und nahm mich in den Arm. Auch mein Bruder kam dazu und schlang seine Arme um uns.

„Auch, wenn du nicht wegen uns, sondern wegen Linda bleibst, bin ich echt froh darüber!"

„Ich bleibe wegen euch allen und jetzt Schluss mit der Gefühlsduselei, wir sind Männer und haben heute viel Arbeit vor uns!", mein Bruder ging schon mal vor, mein Vater drehte sich noch mal zu mir um.

„Sohn, ich freue mich sehr für dich und noch mehr darüber, dass du hierbleiben willst. Darf ich es deiner Mutter schon erzählen oder willst du es selber tun?"

„Sag du es ihr ruhig, dann hast du wenigstens den Tinnitus, wenn sie vor Freude rumschreit."

„Daran habe ich gar nicht gedacht, aber da muss ich dann wohl durch! Wir sehen uns gleich bei dem Termin mit Herrn Hofmeister", er ging raus und schloss die Tür hinter sich. Ich hatte mich als wirklich entschieden hier zu bleiben und alle waren damit einverstanden, sogar richtig froh darüber. Ich drehte mich mit meinem Sessel Richtung Fenster und schaute in ihr Büro, sie saß an ihrem Tisch und drehte sich kurz danach auch zu mir um. Na klar, sie hatte gespürt, dass ich sie ansah. Sie schaute in meine Richtung, aber sie konnte mich natürlich nicht sehen, da meine Fenster verspiegelt waren. Trotzdem bildete sich auf ihrem Gesicht ein Lächeln und sie griff zu ihrem Handy. Kurz darauf kam auch schon die erste Nachricht.

Linda: Musst du nicht arbeiten?
Julian: Doch, aber deine Schönheit lenkt mich ab!
Linda: Dann werde ich mir wohl Vorhänge besorgen müssen!
Julian: Niemals! Warum?
Linda: Nicht, dass die Ablenkung der Kanzlei schadet!
Julian: Keine Sorge, Schönheit! Ich freue mich schon auf später!
Linda: Ich mich auch, muss jetzt aber ins Meeting! Bis später!

Sie sah hoch in meine Richtung, lächelte und pustete mir einen Handkuss zu. Auch wenn sie es nicht sehen konnte, fing ich ihn auf.

Julian: Den Kuss hole ich mir gleich persönlich ab!

Sie schaute auf ihr Handy, nickte mir dann zu und ging aus meinem Blickfeld.

Endlich war es so weit. Ich stand schon im Aufzug zu ihrer Etage und mein Herz überschlug sich fast. Seit heute Morgen hatte ich sie nicht mehr gesehen und auch nichts mehr von ihr gehört. Ich wollte endlich abholen, was mir gehört. Als ich in ihrem Stockwerk angekommen war, stand sie schon vor ihrer Tür und war mit der Empfangsdame im Gespräch. Ich ging zu ihr und wurde mit einem Lächeln empfangen, auch wenn es noch am Regnen war, in diesem Moment ging für mich die Sonne auf.
„Hallo, schöne Frau! Haben Sie ein Taxi bestellt?"
„Ich habe zwar keins bestellt, aber wie könnte ich bei so einem tollen Taxifahrer Nein sagen?", ich zog

sie zu mir und gab ihr einen festen Kuss, der die ganzen letzten Stunden ohne sie entschädigen sollte. Stirn an Stirn standen wir jetzt da und grinsten um die Wette.

„Ich habe dich vermisst und konnte den ganzen Tag an nichts Anderes denken, als jetzt hier bei dir zu sein!", ich strich mit meinem Daumen über ihre Wange, die jetzt leicht rot war.

„Ich habe auch jede Minute gezählt", gab sie zu, und dass Rot ihrer Wangen wurde deutlicher.

„Sollen wir los?", sie nickte mir zu, verabschiedete sich von ihrer Kollegin und wir gingen zu den Treppen.

„Hast du irgendeinen Wunsch was das Essen anbelangt?"

„Ehrlich gesagt hätte ich noch mal richtig Lust auf einen Burger!", ich schaute sie verwirrt an. Bis jetzt hatte jede Frau, mit der ich essen war, immer nur einen Salat bestellt und es gab nichts Unerotischeres, als eine Tussi die ewig auf einem Salatblatt rum kaut.

„Linda? Ich glaube, ich habe mich grade noch mehr in dich verliebt!"

„Was passiert dann erst, wenn ich dir sage, dass ich auch gerne noch Pommes hätte?", schmunzelnd und herausfordernd sah sie mich an. Ich packte mir mit einem theatralischen Seufzer an die Brust und ging mitten im Treppenhaus vor ihr auf die Knie.

„Jetzt werde ich dich auf der Stelle heiraten müssen!"

„Hier?"

„Natürlich hier! Oder kannst du dir einen romantischeren Ort vorstellen?", die Unterhaltung endete in einem Lachanfall beiderseits. Ich stand wieder auf, küsste ihre Hand und wir gingen weiter

Richtung Ausgang. Mit ihr schien alles so einfach zu sein, ihr Lachen erhellte meinen Tag, ihre Stimme ließ jedes Haar auf meinem Körper abstehen und ihr Duft benebelte meine Sinne. Ich konnte einfach nicht genug von ihr bekommen.

Kapitel 13
Linda

Das Essen war großartig! Es gab einen riesigen Burger für jeden, eine große Portion Pommes teilten wir uns. Wir haben viel geredet, aber vor allem haben wir viel gelacht. Mit ihm schien alles so locker zu sein, ich musste mich nicht verstellen und hatte voll und ganz das Gefühl, ich selbst sein zu können. Wir fuhren zu ihm nach Hause, es lag außerhalb der Stadt, dort wohnte er in einem großen Haus in der dritten Etage. Als wir seine Wohnung betraten, musste ich erst mal staunen. Sein Wohnzimmer war riesengroß und hell, große Fenster ermöglichten den Blick auf ein nah gelegenes Waldstück. Hinter einem großen Sessel, auf dem locker zwei Personen Platz hätten, stand ein Bücherregal, das sich über die ganze Wand ausstreckte. Ich ging darauf zu und ließ meinen Finger über die Einbände gleiten, mir fielen viele Bücher auf, die auch ich schon gelesen hatte.

„Hast du sie alle gelesen?"

„Den größten Teil, für einige fehlt mir oft die Zeit!"

Er stand jetzt direkt hinter mir, seine linke Hand lag auf meiner Hüfte, die rechte nahm ein Buch aus dem Regal, es handelte sich um >Grimms Märchen<. Auch ich besaß diese Ausgabe mit allen Märchen, es war seit Kindertagen mein Lieblingsbuch.

„Das Buch hatte bei dir einen besonderen Platz im Regal, es stand genau in der Mitte, alleine. Dein Lieblingsbuch?"

„Ja, ich lese es oft", ich nahm ihm das Buch aus der Hand, zog mir die Schuhe aus und setzte mich in den riesigen Sessel. Ich bedeutete ihm mit einem Klopfen neben mich, dass er sich zu mir setzen sollte, was ihn sichtlich erfreute. Er zog sich erst sein Sakko aus, dann den Schlips, knöpfte zwei Knöpfe seines Hemdes auf, zog sich noch die Schuhe aus und ließ sich neben mich fallen. Er zog mich in seinen Arm und ich klappte das Buch auf.

„Wann liest du denn immer darin?"

„Wenn ich traurig bin, wenn ich wütend bin, oder, wenn ich einfach mal träumen möchte."

„Und welches ist dein Lieblingsmärchen?"

„Dornröschen, war es schon immer!", ich blätterte auf die Seite, auf der das Märchen begann und wir lagen still lesend nebeneinander. Am Ende des letzten Satzes strich ich mit einem Finger über die Seite und klappte das Buch zu.

„Weißt du, ich würde es auch tun!"

„Was würdest du auch tun?"

„Na, ich würde dich auch wachküssen! Ich würde heldenhaft in einem weißen Mustang angefahren kommen, mich mit einer Kettensäge über die Dornen hermachen und dich dann leidenschaftlich aus deinem Schlaf küssen!", er erklärte das alles mit einer Überzeugung, die mich auflachen ließ, er hatte so einen schönen Humor.

„Du könntest mir ja zeigen, wie so ein Kuss aussehen würde. Ich meine, nur damit du vorbereitet bist, falls ich mich mal an einer Spindel steche!", das ließ er sich nicht zweimal sagen, er beugte sich über mich und legte seine freie Hand an meine Wange. Noch immer in seinem Arm liegend, war ich ihm so unglaublich nah, kein Blatt hätte zwischen uns gepasst. Er sah mir tief in die Augen und kam meinen Lippen immer näher. Ich konnte nicht anders, als meine Augen zu schließen und auf seinen Kuss zu hoffen. Unsere Lippen berührten sich sanft und leicht. Er küsste mich mit einer Hingabe, die mich schweben ließ. Sein Daumen streichelte dabei die ganze Zeit meine Wange, jede Stelle, die er berührte, kribbelte noch Sekunden lang nach. Der Kuss vertiefte sich und wurde leidenschaftlicher, dass Verlangen, die sexuelle Spannung, die immer noch zwischen uns herrschte, blühte wieder auf. Ich krallte meine Hände in seinen Nacken, fuhr ihm mit den Fingern durchs Haar. Meine Mitte war mittlerweile Nass und ich konnte ein leises Stöhnen nicht mehr zurückhalten. Auch seine Erregung konnte er nicht verbergen, ich spürte seine Härte an meinem Oberschenkel. Aus dem grade noch so unschuldigen, märchenhaften Kuss wurde ein wilder, hemmungsloser Zungenfick. Wir krallten uns aneinander wie zwei ertrinkende an einem Stück Holz, wir mussten unser Verlangen endlich stillen. Schon fast eilig zog ich ihm sein Hemd aus, er tat Selbiges mit meiner Bluse. Er verteilte Küsse auf meinem kompletten Oberkörper und legte sich über mich, er teilte meine Schenkel mit seinen Knien und mein Rock rutschte automatisch hoch zu meinen Hüften. Ich ließ meine Hände über seine nackte Haut gleiten, über seine Brüste, seine Nippel, seine harten Bauchmuskeln. Ich öffnete seinen Gürtel, seine Hose und zog sie ihm über den Hintern. Grade, als er sie sich von den Beinen strampeln wollte … klingelte es. Wir froren in dem Kuss ein und er sah mir erst erschrocken, dann ziemlich wütend in die Augen.

„Das darf jetzt echt nicht wahr sein!", er stand auf und zog sich die Hose wieder hoch, er nahm sein Hemd und zog es sich schnell über. Bevor er das Wohnzimmer verließ, drehte er sich noch mal zu mir um „bloß nicht einschlafen, Prinzessin!"

„Nach diesem Kuss werde ich nie wieder schlafen können, edler Prinz!", auch wenn wir beide lachten, die Situation war alles andere als komisch. Jedes Mal, wenn wir uns unserem Verlangen hingeben wollten, wurden wir unterbrochen.

Ich hörte ihn in die Gegensprechanlage sprechen.

>Ja? ... Was macht ihr denn ... ich ... ja, ich mache auf!<

Kurz danach hörte ich einen dumpfen Knall und ein lautes >FUCK!<. Ich wollte grade nachgucken gehen, als er auch schon in der Tür stand und sich sein Hemd zuknöpfte.

„Linda, es tut mir furchtbar leid, aber meine Eltern sind grade unterwegs hier hoch!", seine Miene war voller Mitleid und Enttäuschung. Auch er hätte lieber da weitergemacht, wo wir aufgehört hatten. Noch bevor ich weiter darüber nachdenken konnte, bemerkte ich, dass ich nur im BH auf dem Sessel saß. Ich sprang also auf, zog die Bluse in Windeseile an, zupfte den Rock zurecht und schlüpfte in meine Schuhe.

„Hey Mum, hey Dad. Was verschafft mir die Ehre?"

„Dein Vater hat mir eben erzählt, dass du eine Freundin hast und das du jetzt hierbleibst! Ist das wahr? Oh, komm her mein Schatz! Ich freue mich ja so sehr für dich! Wann lernen wir sie denn kennen? Du siehst erholt aus, sie tut dir ja richtig gut!"

Okay, das war jetzt alles etwas viel. Er hat mich seinen Eltern als >Freundin< angepriesen? Soviel zum Thema >Zeit lassen<!

„Es tut mir leid, Sohn. Du weißt ja, wie deine Mutter ist, ihr reicht in so einer Situation ein Anruf nicht!"

„Dad, ich habe dir doch gesagt, ihr sollt uns noch

etwas Zeit lassen! Ihr wisst gar nicht, in was für eine peinliche Situation ihr mich grade bringt!", Julian flüsterte schon fast, aber da ich direkt hinter der Tür stand, konnte ich ihn hören. Irgendwie tat er mir leid, ich konnte das genau nachempfinden, da meine Eltern ganz genauso waren. Vielleicht sollte ich jetzt einfach mal Helenas Rat befolgen und nicht immer so viel nachdenken, immerhin war ich mir meiner Gefühle zu ihm ja bewusst und ich hatte nichts zu verlieren. Also machte ich die Tür auf und mir begegneten drei unterschiedliche Blicke. Seine Mutter, groß, blond und bildschön, lächelte verzückt und konnte ihre Begeisterung kaum verstecken. Sein Vater, ein größeres Ebenbild Julians, schaute interessiert und glücklich. Julian hingegen guckte mich voller Panik an. Die Angst, mich damit zu verschrecken, stand ihm in den Augen geschrieben. Er konnte ja nicht wissen, dass ich das Gespräch mitgehört und mich dafür entschieden hatte, meinen Prinzen aus dieser misslichen Lage zu befreien.

„Oh, Richard! Guck, wie schön sie ist!", sie kam auf mich zu und nahm mich in den Arm.

„Hallo Frau Thielemann. Mein Name ist Linda Hennings, freut mich sehr, sie kennenzulernen!"

„Hallo Linda, bitte, nenn mich Sabine! Das ist mein Mann Richard, du glaubst gar nicht, wie sehr die Freude auf unserer Seite ist!", Richard, Julians Vater, gab mir die Hand und bedeutete mir auch noch mal, wie sehr er sich freute. Als wir uns alle vorgestellt hatten, gingen wir ins Wohnzimmer und Julian bot an, uns Kaffee zu machen. Ich folgte ihm in die Küche.

„Du hast also eine Freundin? Darf ich sie auch mal kennenlernen?", ein Schmunzeln konnte ich mir nicht verkneifen, aber ich wollte so ernst wie nur möglich rüberkommen, ich musste ihn einen kurzen Moment leiden lassen. Er hatte mich bis jetzt noch nicht einmal angesehen, hatte seine Stirn an die Kühlschranktür geknallt.

„Oh mein Gott, Linda. Es tut mir *so* leid! Ich … ich weiß ja, dass du dir Zeit lassen willst, das habe ich meinem Dad auch gesagt, aber meine Mutter … sie ist immer etwas schneller als andere!", ich ging auf ihn zu und konnte mir das Lachen grade noch so verkneifen. Ich legte meine Hände auf seinen Rücken, ließ sie nach vorne gleiten und verschränkte sie vor seinem Bauch. Da er mit dieser Berührung nicht gerechnet hätte, spannte sich sein ganzer Körper für wenige Sekunden an.

„Das war doch noch harmlos! Meine Mutter hätte noch am selben Abend eine >Willkommen-in-der-Familie-Party< geschmissen!", jetzt musste auch er lachen und drehte sich dabei zu mir um, er legte seine Arme um meinen Nacken und zog mich an seine Brust.

„Du hast also auch verrückte Eltern?"

„Wenn es nur die Eltern wären! Meine ganze Familie ist so!"

Wir lachten gemeinsam und hielten uns einfach nur fest. Eins wusste ich ganz genau: ich könnte mich nirgends so sicher fühlen, wie in seinen Armen. Er küsste meinen Scheitel und sah mir in die Augen.

„Darf ich dich denn trotzdem noch wachküssen, falls du in einen hundertjährigen Schlaf fällst?"

„Ehrlich gesagt glaube ich, dass du der Einzige wärst, der mich wachküssen könnte!"

Seine Miene wurde ganz weich und ein breites Lächeln lag auf seinen Lippen. Er nahm mein Gesicht in beide Hände, beugte sich zu mir runter, unsere

Lippen berührten sich schon fast, als er flüsterte: „meine Prinzessin!". Einen kurzen Moment später berührten sich unsere Lippen zart und sanft, voller Liebe und Zuneigung. In diesem Augenblick war ich mir voll und ganz sicher, dass ich mich unsterblich verliebt hatte! Ein Klopfen unterbrach unseren Kuss, seine Eltern standen in der Tür und schauten uns verliebt an.

„Dein Vater hat grade einen Anruf bekommen, wir müssen noch in der Kanzlei vorbei, etwas abholen. Wie wäre es, wenn wir das mit dem Kaffee am Donnerstag nachholen? Ich backe auch deinen Lieblingskuchen?", wenn man in diese hoffnungsvollen Augen blickte, konnte man nur zustimmen. Wir begleiteten sie noch zur Tür.

„Linda, ich freue mich schon darauf, dich näher kennenzulernen!", Richard umarmte mich und klopfte danach Julian fest auf die Schulter. Seine Mutter zog mich auch in eine Umarmung und bedeutete noch mal, wie glücklich sie das alles macht. Als Julian die Tür schloss, ließ er sich mit dem Rücken dagegen fallen und zog mich zu sich.

„Das waren *ganz sicher* die peinlichsten 15 Minuten in meinem Leben!", amüsiert blickte ich zu ihm hoch und erst da wurde mir klar, dass wir endlich alleine waren.

„Wie wäre es, wenn wir uns etwas widmen, dass uns die letzten Minuten vergessen lässt?", herausfordernd sah ich ihn an und er verstand sofort. Er presste seine Lippen auf meine, drehte sich mit mir zusammen um und drückte mich gegen die Tür. Ich hatte keine andere Wahl und krallte meine Hände in seine breiten Schultern, als er seine Hände unter meinen Hintern legte und mich hochhob. Mit meinen Beinen zog ich ihn näher an mich, mein Rock rutschte immer höher und ich konnte seine Härte direkt an meiner Mitte spüren. Mein Slip musste mittlerweile so nass sein, dass er es wahrscheinlich durch seine Hose spürte. Als er seine Hüften kreisen ließ, konnten wir uns beide ein Stöhnen nicht mehr verkneifen. Er knöpfte meine Bluse auf, zog sie mir aber nicht aus. Ich tat dasselbe mit seinem Hemd, streifte es ihm aber von den Schultern, sodass sein wahrlich perfekter Oberkörper freilag. Ich widmete mich seinem Gürtel und seiner Hose, die locker von seinen Hüften rutschte, währenddessen machte er sich an meinem Slip zu schaffen. Ich wollte grade meine Beine von seinen Hüften nehmen, damit er ihn mir ausziehen kann, doch er hatte schon andere Pläne. Er riss ihn einfach kaputt und warf ihn auf den Boden. Auch wenn ich gewollt hätte, ich konnte nichts sagen. Wir schauten uns in die Augen, als er mit seinen Fingern meine Schamlippen teilte und langsam durch meine Mitte strich.

„So nass ... so bereit für mich ...", er sprach nah an meinen Lippen und in dem Moment, als er einen Finger in mich schob, presste er seine Lippen auf meine. Ich stöhnte in seinen Mund und hatte das Gefühl, schon jetzt explodieren zu müssen.

„Fuck, du bist so eng!", er nahm einen zweiten Finger dazu und drückte mit seinem Daumen sanft auf meinen Kitzler, ich konnte nichts mehr zurückhalten und kam um seine Finger. Ich krallte meine Nägel in seinen Rücken, schmiss meinen Kopf in den Nacken gegen die Tür und schrie meinen Orgasmus raus. Mein ganzer Körper vibrierte, zuckte, krampfte, war heiß und kalt zugleich.

„Weißt du eigentlich, wie schön du aussiehst, wenn

du kommst?", er hatte den Blick nicht eine Sekunde von mir genommen, genoss den Moment auf seine ganz eigene Weise. Noch immer von meinem Orgasmus überwältigt, bekam ich nur am Rande mit, dass er mich näher in seinen Arm zog und wegtrug. Wir gingen durch sein Wohnzimmer und er öffnete eine Tür, die in sein Schlafzimmer führte. Er setzte sich auf sein Bett, sodass ich rittlings auf ihm saß, sah mir tief in die Augen. Die Lust, die darin zu erkennen war, heizte mich wieder an und ich fing an meine Hüften auf ihm kreisen zu lassen, sein mächtig steifer Schwanz zuckte unter mir und ich wollte ihn endlich in mir spüren. Zu lange habe ich schon darauf verzichtet, die Enthaltsamkeit sollte jetzt vorbei sein. Ich zog meine Bluse aus, ließ meinen Rock folgen und dann auch den BH. Das Verlangen in seinem Blick wurde groß, als er meine freigelegten Brüste direkt vor den Augen hatte. Er legte seine Hände darauf, knetete sie, liebkoste sie mit den Lippen, saugte und knabberte an den Nippeln. Alleine diese Berührungen gaben mir mehr, als ich jemals bekommen hatte.

„Du bist so wunderschön, jede Stelle deines Körpers ist anbetungswürdig", innerhalb von wenigen Sekunden hatte er uns umgeschmissen, sodass ich unter ihm lag.

„Schon von der ersten Minute, als ich dich sah, wollte ich wissen, wie du schmeckst. Deine Lippen …", er fuhr mit seiner Zungenspitze leicht über meine Lippen, „… deine Haut …", er leckte mir den Hals entlang, bis hin zu meinen Brüsten, „… dein Schweiß …", er hauchte mir leichte Küsse den Bauch entlang.

„Bitte … Julian … Bitte!", in dem Moment presste er seine Lippen auf meine Perle, fing an sie mit der

Zunge zu umkreisen und stöhnte gegen meine Mitte. Mein ganzer Körper kribbelte, schon wieder stand ich kurz davor. Es schien, als konnte er meinem Körper genau das geben, was er grade brauchte und ich brauchte ihn, voll und ganz.

„Julian ... bitte ... fick mich!", er küsste sich seinen Weg wieder nach oben, stellte seine arme links und rechts neben meinen Kopf und sah mich an.

„Linda ... erwarte bitte nicht allzu viel ... es ist ... naja ... sehr lange her ...", erstaunt sah ich nach oben. Er hatte also auch lange keinen Sex mehr, da hatten wir ja wieder etwas gemeinsam. Wobei ich mir nicht vorstellen konnte, dass er auch jahrelang darauf verzichtet hat, an Anfragen konnte es bestimmt nicht liegen, bei dem Aussehen.

„Mach dir keine Sorgen, bei mir ist es auch ewig her ... und mit dir kann es nur perfekt werden!", ich zog ihn zu mir runter, in einen leidenschaftlichen Kuss, streifte mit meinen Händen seine Shorts ab. Er nahm ein Kondom aus der Schublade seines Nachttisches und streifte es sich über, ein Anblick, der mir noch mehr nässe in den Schoß trieb. Es spannte sich dabei alles an, jeder Muskel in seinem Körper trat hervor und sein Schwanz war so mächtig und prall. Er beugte sich zu mir runter und nahm mein Gesicht in die Hand, wir waren uns so nah, dass ich seinen Atem, der stoßweise aus seinem Mund kam, an meinen Lippen spürte. Wir sahen uns tief in die Augen, die vor Lust verschleiert waren, als ich seine Härte an meiner Mitte spürte. Seine Eichel drückte auf meine Perle und er glitt weiter runter, wo er auch sofort meinen Eingang fand. Ganz vorsichtig und langsam versenkte er sich in mir, sodass ich mich an seine Größe gewöhnen konnte. Als ich ihn komplett aufgenommen hatte, ließ er ein langes, tiefes Stöhnen ab, dass mir die Gänsehaut auf den ganzen Körper trieb. Er fing an sich langsam und sanft in mir zu bewegen, meine Klit pochte und ich stand schon wieder kurz vor der Explosion. Allein die Berührungen seines Körpers auf meiner Haut, sein Geruch, des so männlich über ihm hing und seine Stimme, dieses tiefe und dunkle Stöhnen heizten mich unglaublich an. Ich konnte spüren, dass auch er schon kurz davorstand, merkte, wie er in mir zu zucken begann. Er presste seine Lippen auf meine, begann mich schneller und tiefer zu stoßen und ich kam mit einem lauten Schrei um seinen Schwanz. Der wohl beste Orgasmus meines Lebens schoss über mich hinweg, durch mich durch, in mich rein, explodierte in jeder meiner Zellen. Meine Klit krampfte sich um seinen Schwanz, begann ihn zu melken, was auch ihn kommen ließ. Er stöhnte laut, tief und animalisch. Das geilste Geräusch, das ich je gehört hatte. Schwitzend und keuchend ließ er sich fallen und legte seinen Kopf auf meine Brust, wir atmeten beide schwer und waren noch vollkommen aus der Puste.

Kapitel 14
Julian

Dieser unglaublich schöne, warme Körper unter mir, ihre Hände, die sanft über meinen Rücken und Kopf streichelten, alles war so perfekt. Ich hatte den mit Abstand *besten Sex* meines Lebens gehabt und das auch noch mit der Frau meiner Träume. Bisher war jeder Fick zwar befriedigend, aber nicht erfüllend, was daran liegen könnte, dass ich bisher noch nie richtig geliebt habe. Sie war die Erste und wird auch die Letzte sein, der ich meine Liebe schenkte, in jeder Lebenssituation. Sie erstaunt mich einfach immer wieder, mit den einfachsten Dingen. Als meine Eltern vorbeikamen, habe ich wirklich gedacht, dass sie davonrennt und nichts mehr von mir wissen will. Immerhin habe ich ihr versprochen, ihr Zeit zu geben und dann kommt meine Mutter rein, bezeichnet sie sofort als meine >Freundin< und stellt alles auf den Kopf. Und was macht sie? Sie ist einfach das bezauberndste Wesen auf dieser verdammten Welt und stellt sich meinen Eltern mit den besten Manieren vor. Okay, dass sie mich in der Küche etwas verarscht hat, hatte ich verdient. Ich war einfach nur froh, dass sie bei mir geblieben ist. Wie könnte ich jemals wieder ohne diese Frau, *meine* Frau, leben? Auch wenn wir uns erst seit wenigen Tagen nah waren, es fühlte sich an, als wäre sie schon immer an meiner Seite. Und ich würde alles dafür tun, damit das auch so bleibt.

„Das war mit Abstand der beste Sex, den ich je hatte!"

„Weißt du eigentlich, dass ich eben noch genau

dasselbe gedacht habe?", ich sah zu ihr auf und sie lächelte mich an.

„Wie lange hattest du denn keinen Sex mehr?"
„Das ist als Mann echt peinlich zuzugeben."
„Sagst du es mir trotzdem?"
„Ja", ja? Echt? Wollte ich ihr das wirklich sagen?
„Also?"
„Sag du es mir zuerst!"
„2 Jahre …", woah, damit hätte ich nicht gerechnet. Wie kann denn bitteschön eine *so* hübsche Frau 2 Jahre lang nicht beglückt werden? Sie war perfekt und ich war mir sicher, dass nicht nur ich das so sah. Ich konnte immerhin die Blicke der Männer in der Disco und auch im Restaurant deuten.

„… jetzt du!"
„Ehm … du lachst mich aber nicht aus?"
„Nein, versprochen!", sie hob ihre Hand und überkreuzte 2 Finger.
„Linda, wenn du lachst, werde ich dich bis zur Besinnungslosigkeit kitzeln müssen!"
„Indianerehrenwort!", noch immer hielt sie ihre Finger hoch.
„3 Jahre …", ihre Augen wurde groß und ihr Mund klappte etwas auf. Ich hatte damit gerechnet, dass sie mich auslacht, aber ihr Blick sagte etwas ganz Anderes, sie war wie erstarrt.

„Du denkst jetzt bestimmt, ich bin ein Freak oder so was …"
„Nein, ich frage mich nur, warum! Du bist attraktiv, humorvoll, hilfsbereit, ein echter Gentleman. Laufen alle Frauen denn blind durch die Gegend?"
„Es liegt auch nicht an den Frauen, sondern an mir. Ich hatte keine Lust mehr auf ein One-Night-Stand nach dem Anderen, konnte noch nie zu irgendeiner

Frau Gefühle aufbauen, bis ich dich gesehen habe und vor allem, bis ich dich gefühlt habe. Seit diesem Moment ist irgendwie alles anders."

„Kann ich gut nachvollziehen."

„Was ist denn der Grund deiner Enthaltsamkeit?"

„Ehm ... ich wollte eigentlich noch nicht drüber reden, aber du warst so ehrlich zu mir, da will ich auch ehrlich zu dir sein!", ich legte mich neben sie und zog sie in meinen Arm, kraulte ihr sanft den Rücken.

„Vor 2 Jahren hat mich mein Ex verlassen, wegen einer anderen. Er war meine erste große Liebe, ich hatte mit ihm meinen ersten Kuss, mein erstes Mal, eigentlich jede erste Erfahrung teile ich mit ihm. Ich hatte danach einfach keine Lust, mich auf jemand anderen einzulassen, auch nicht nur für eine Nacht. Obwohl Helena immer wieder versucht hat, mich an den Mann zu bringen. Das hast du ja schon live miterleben dürfen."

„Du hast also in deinem Leben erst mit einem Mann geschlafen?"

„Zwei!"

„Zwei?"

„Ehm ... was haben wir denn eben gemacht? Reifen gewechselt?", sie sah mich herausfordernd an. Natürlich waren es zwei, aber ich war so perplex von dieser Offenbarung, dass ich nicht darüber nachgedacht hatte. Erst der zweite Mann zu sein, der sie berührte, war unbeschreiblich. Trotzdem ließ ich die freche Bemerkung nicht ohne Bestrafung, daher stürzte ich mich auf sie und fing an, sie am ganzen Körper zu kitzeln. Sie lachte, schrie, biss, kratze und flehte, aber sie hatte keine Chance gegen mich.

„Okay ... ich ... ahhhh ... ich ergebe mich ...", ich

lag auf ihr und hatte ihre Handgelenke mit meinen Händen über ihrem Kopf fixiert. Ihre sinnlichen Lippen waren von den wilden Küssen noch leicht geschwollen, ihr Atem durch das Kitzeln schnell und stockend. Ich musste diese Frau einfach für mich gewinnen, also beugte ich mich zu ihr runter und gab ihr einen sanften Kuss, in den ich all meine Gefühle legte.

„Ich werde dir so etwas niemals antun, ich könnte dich nie verletzen. Er war ein Idiot und das wird er auch noch merken, aber dann ist es leider zu spät!", ich flüsterte ihr die Worte direkt an ihren Lippen, ihren Blick hielt ich dabei gefangen und ich konnte sehen, wie ihre Augen größer wurden.

„Und warum ist es dann zu spät?"

„Weil er dann erst mal an mir vorbei muss."

„Aha ... weil ich deine >Freundin< bin?", schmunzelnd sah sie zu mir hoch.

„Nenn dich, wie du willst, aber ich gebe dich nicht mehr her!", ich presste meine Lippen wieder auf ihre, ließ ihre Handgelenke frei, stütze mich mit einem Arm ab und streifte mit meiner anderen Hand ihren Körper hinab. An ihrer Hüfte angekommen, packte ich sie und drehte mich mit ihr, sodass sie rittlings auf mir saß. Nach dem kurzen, sehr erschrockenen Schrei krallte sie ihre Finger in mein Haar und zog mich in einen hemmungslosen Kuss, der unsere Zungen fechten ließ. Sie beugte sich rüber zu meinem Nachttisch, nahm ein Kondom aus der Verpackung und streifte es mir über meinen schon fast schmerzhaft harten Schwanz. Unser kleines Spielchen vorhin hatte mich schon wieder so erregt, wie sie sich nackt unter mir gewunden, um Gnade gebettelt und mir ihre perfekten Brüste mit ihren rosa Knospen entgegengestreckt hatte. Sie positionierte sich genau über meiner Härte, ließ langsam ab und sah mir dabei verschleiert in die Augen. Ihre Mitte war so unsagbar nass, mit nur einem Stoß waren wir so tief verbunden, wie es nur ging. Ich ließ meinen Kopf in den Nacken fallen und konnte mein Stöhnen nicht unterdrücken. Sie war so unfassbar eng, ihre heiße Höhle krampfte sich um meinen Schwanz, als wollte sie ihn nie wieder loslassen. Als sie sich an die Größe gewöhnt hatte, fing sie langsam an sich zu bewegen. Schon nach wenigen Sekunden fanden wir unseren perfekten Rhythmus und ich fing an ihre Brüste zu liebkosen, die im Takt genau vor meinen Augen hoch und runter wippten. Ich war im Himmel! Ihr Stöhnen und Keuchen wurde immer lauter, ihr Atem schneller. Sie stand so kurz davor, ihre Muskeln zuckten um meine Härte und ich würde auch jeden Moment explodieren. Also drückte ich mit meinem Daumen sanft auf ihre Perle und sie kam mit einem lauten Schrei. Als wäre genau das mein Startzeichen gewesen, kam auch ich … und wie! Mein ganzer Körper verkrampfte sich und ließ nicht locker, da sie mich in ihrem Orgasmuswahn noch immer ritt. Als auch ihr Körper sich wieder beruhigte, ließ sie ihren Kopf auf meine Schulter fallen und ich streichelte ihren Rücken, während ich mich nach hinten fallen ließ. Nach Atem ringend lagen wir auf dem Bett und kraulten uns gegenseitig.

„Ich muss mich verbessern, DAS war der beste Sex meines Lebens!", sie kicherte, als sie den Satz aussprach. Auch ich fing an zu lachen und konnte ihr nur zustimmen. Das war einfach großartig.

„Gib mir eine halbe Stunde Zeit und du kannst dich noch mal verbessern, Prinzessin!", ich wackelte mit meinen Augenbrauen und setzte mein verführerischstes Lächeln auf, was sie zum Lachen brachte. Sie hielt sich ihren Bauch und kam aus dem Lachen nicht mehr raus. Es war so ansteckend, dass ich auch nicht mehr ernst bleiben konnte.

„Oh Gott, Julian! Der Spruch war echt schlecht!", sie konnte kaum sprechen. Mit ihr zusammen zu lachen gehörte in den letzten Tagen zu einer meiner Lieblingsbeschäftigungen. Ihr Lachen war so offen, so ehrlich, das habe ich noch bei keinem anderen Menschen gesehen. Ich küsste jede Stelle auf ihrem Gesicht, bis sie sich wieder beruhigt hatte, zog sie noch mal fester in meinen Arm und war bereit, sie nie wieder loszulassen.

„Wie spät haben wir eigentlich?", sie sah sich nach einer Uhr um und entdeckte meinen Radiowecker. „Was? Schon fast 22 Uhr? Ich muss morgen arbeiten und der Weg nach Hause dauert auch sicherlich noch 45 Minuten!", gehetzt hüpfte sie durchs Zimmer und suchte ihre Klamotten, die auf dem ganzen Boden verteilt lagen.

„Du kannst auch einfach hier schlafen und wir fahren morgen ganz früh zu dir, damit du dich umziehen kannst."

„Weißt du eigentlich, dass du seit Tagen meine Routine zerstörst?"

„Ist das denn schlimm?", ich zog sie wieder zu mir aufs Bett und nahm sie in den Arm.

„Nein, eigentlich ist das sogar ziemlich schön!"

Wir gaben uns noch einen langen, liebevollen Kuss, ich stellte den Wecker um und wir schliefen sofort ein.

Kapitel 15
Linda

Helena: Ihr habt es getan? Wann? Wie? Wo? War er gut? Ich muss alles wissen!
Linda: 16 Uhr im Café?
Helena: Aber so was von!

Strahlend ging ich in den Aufenthaltsraum und nahm mir eins von den Mettbrötchen, die unser Chef bereitgestellt hatte. Heute aßen alle ganz brav davon, aber für die nächsten Wochen hatten wir andere Pläne. Herr Bertels wird verrücktspielen, wenn jede Woche eine andere Frau aus >Gründen< nichts isst.

„Hast du heute Morgen schon im Lotto gewonnen? Du siehst ja glücklich aus!", Manuela vom Empfang stand neben mir und biss von ihrem Brötchen ab.

„Ja, irgendwie schon!"

„Ich habe so das Gefühl, dass der Adonis, der dich letztens abgeholt hat, was damit zu tun hat."

„Da könntest du recht haben!", ich zwinkerte ihr zu und ging in mein Büro. Wie sollte ich heute nur aufhören zu strahlen? Der Tag war toll, die Nacht war besser und der Mann war perfekt! Heute Morgen, als der Wecker klingelte, bin ich in seinen Armen aufgewacht und er grinste mich schon über beide Ohren an. Ich glaube nicht, dass ich schon mal besser geschlafen habe, er gab mir so viel Wärme, Sicherheit, Vertrauen. Nachdem wir uns noch mal geliebt hatten, machte er sich für die Arbeit fertig, wir fuhren zu mir und ich konnte wenigstens meiner morgendlichen Routine nachgehen. Er hatte uns in der

Zwischenzeit Kaffee gekocht und las in der Küche Zeitung. Daran könnte man sich echt gewöhnen.

Ich saß noch keine 10 Minuten auf meinem Platz, da spürte ich auch schon wieder dieses Kribbeln.

Julian: Darf ich meine >wie-auch-immer-du-dich-nennen-möchtest< heute wiedersehen?

Ich überlegte kurz. Natürlich könnte ich jetzt schreiben, was ich wollte, aber, wenn man es genau betrachtete, waren wir nicht längst schon Freund und Freundin? Küsse, Liebe, Sex, Zeit, all das gehört zu einer Beziehung und genau das teilten wir auch.

Linda: Du darfst deine FREUNDIN heute gerne wiedersehen, aber erst später, da ich mich heute Nachmittag mit Helena treffe!
Julian: Jetzt kann ich eh erst heute Abend, da es Stunden dauern wird, der ganzen Welt zu erzählen, dass du meine Freundin bist!
Linda: Spinner! Kommst du dann nachher zu mir nach Hause?

Julian: Ja, aber nur um dich abzuholen. Und pack dir eine Tasche mit frischen Sachen zusammen.

Ich drehte mich um und pustete einen Handkuss in die Richtung seines Büros.

Julian: Auch den hole ich mir später persönlich ab!

Glücklich und zufrieden begab ich mich an die Arbeit. Da ich viel zu tun hatte, flog die Zeit nur so dahin und ich machte mich zu Feierabend auf den Weg zum Café. Helena wartete schon und stand auf um mich zu umarmen.

„Den ganzen Tag konnte ich an nichts Anderes denken, als das du gevögelt wurdest! Komm, erzähl mir alles. Und ich meine *wirklich alles*!", zum Glück war in dem Café nicht so viel los und wir saßen in einer der hintersten Ecken. Ich kenne sie schon fast mein ganzes Leben und bisher ist jeder Versuch, ihr das Flüstern beizubringen, gescheitert. Ich erzählte ihr also von dem ersten Mal, dem zweiten Mal und auch dem dritten Mal heute Morgen, jedes kleine Detail wollte sie wissen.

„Und? Ist er denn gut bestückt?"

„Maus, ich habe gedacht, er zerreißt mich", ich schlug die Hände vors Gesicht und fing an zu lachen, „nie hätte ich gedacht, dass das anatomisch möglich ist!"

„Ja, das Gefühl kenne ich. Also, besser als Marius?"

„Viel besser als Marius! Ich hatte bei ihm so gut wie nie Orgasmen, meistens nur, wenn ich selber nachgeholfen habe. Aber Julian, er ist so zärtlich, wild, weiß genau, was er tun muss, wo er mich anfassen muss, damit ich innerhalb von Minuten explodiere! Er ist ein Sexgott!"

„Ein hoch auf die Erfahrung!", wir stoßen mit unseren Kaffeetassen an und lachten gleichzeitig los.

„Und wie geht es jetzt weiter mit euch?"

„Naja, er holt mich später zu Hause ab, wir fahren zu ihm, haben hoffentlich göttlichen Sex und schlafen dann irgendwann ein."

„Das hört sich zwar sehr gut an, aber das meinte ich nicht!", sie sah mich mit einer hochgezogenen Augenbraue an, ihr >du-sagst-mir-jetzt-besser-die-

Wahrheit< Blick.
 „Muss ich es wirklich aussprechen?"
 „Ja!"
 „Du weißt doch eh immer besser als ich, was ich will!"
 „Trotzdem!"
 „Also ich denke, wir sind jetzt … zusammen?"
 „War das jetzt eine Frage?"
 „Keine Ahnung! Ich weiß, dass er in mich verliebt ist und …"
 „… du bist auch in ihn verliebt. Guck nicht so blöd, ich bin praktisch deine Schwester, ich sehe dir alles an!"
 „Ja, okay, ich bin verliebt in ihn und fühle mich, als wäre ich wieder 16! Jetzt zufrieden?"
 „Und wie!", sie nahm mich in den Arm und gab mir einen Kuss auf die Stirn „ich bin glücklich, wenn du auch glücklich bist!"
 „Danke! Das bedeutet mir echt viel!", wir saßen noch eine weitere Stunde im Café, lachten, lästerten und lachten noch mehr. Ich ging zu Fuß nach Hause und fing dort sofort an, mir eine kleine Tasche mit Klamotten und Hygieneartikeln zu packen. Danach duschte ich noch ausgiebig, rasierte mich überall und gönnte meinen Haaren noch eine Kur.

Linda: Wenn du mit deiner Verkündungstour so weit durch bist, kannst du mich gerne abholen!

Schon nach wenigen Minuten bekam ich eine Antwort.

Julian: In China wissen noch nicht alle Bescheid, aber ich hole dich trotzdem schon mal ab. Bin in 20

Minuten da!

Ich nutzte die übrigen Minuten dazu, noch ein wenig zu lesen. Da ich aber nicht abschalten konnte und einfach viel zu nervös war, stand ich nach ungefähr 15 Minuten auf und beschloss, schon mal runter zu gehen und vor der Tür auf ihn zu warten. Nach wenigen Minuten fuhr er vor. Er stieg aus, nahm mich in seinen Arm und gab mir einen langen, ausgehungerten Kuss.

„Du kannst dir nicht vorstellen, wie sehr ich dich vermisst habe!"

„Du hast mir auch gefehlt! Aber keine Sorge, bis morgen früh gehöre ich nur dir!"

„Nur bis morgen früh? Du gehörst mir, *für immer*!"

„Herr Thielemann, sind wir ein bisschen besitzergreifend?"

„War ich noch nie, aber bei dir ist alles anders. Sollen wir los? Ich habe uns Sushi geholt, ich hoffe, du magst das?"

„Was? Ich *liebe* Sushi!"

„Noch eine Gemeinsamkeit!", er zog mich noch fester in seine Arme und intensivierte den Kuss noch mal. Bei ihm zuhause angekommen, ließen wir uns das Sushi schmecken und sahen dann noch einen Film. Naja, wir haben nicht viel davon mitbekommen, da wir unsere Finger einfach nicht voneinander lassen konnten. Nach weltbewegendem Sex und jeder Menge Liebeleien schliefen wir eng umschlungen ein.

Die nächsten Wochen waren einfach perfekt. Wir wachten morgens zusammen auf, machten uns gemeinsam für die Arbeit fertig, wir frühstückten sogar zusammen. Wir hatten unglaublich vielen, extrem guten Sex. Es fühlte sich alles richtig und unglaublich gut an. Auch meine Eltern wussten mittlerweile Bescheid, sie konnten es kaum fassen, dass ich mich wieder an einen Mann gebunden habe, und wollten ihn so schnell wie möglich kennenlernen. Ich wusste, dass ich die richtige Entscheidung getroffen hatte, denn ich dachte kaum noch an die Vergangenheit. An die schreckliche Trennung, die vielen Schmerzen und die dürre Schlampe Mira. Doch das sollte sich an diesem Sonntagmorgen ändern.

„Baby? Du hast eine Nachricht bekommen!", Julian gab mir mein Smartphone und ich schaute nach. Marius wurde auf einem Foto verlinkt. Wollte ich mir das wirklich ansehen? Eigentlich hatte ich keinen Grund, es nicht zu tun. Ich war glücklich. Also öffnete ich das Foto und darauf zu sehen war eine Hand, Miras Hand, und sie trug einen verdammten Verlobungsring! Darüber stand einfach nur >Ja, Ja, Ja! Ich habe Ja gesagt!<. Ich spürte einen Arm, der mich von hinten umarmte.

„Wessen Hand ist das denn?", Julian legte seinen Kopf auf meine Schulter und biss leicht hinein.

„Das ist die Hand der neuen Schlampe meines Ex-Freundes!"

„Er hat ihr einen Antrag gemacht?"

„Scheint so."

„Oh! … Und? Kommst du damit klar?", das war genau die Frage, die ich mir auch stellte. Wir waren seit über zwei Jahren getrennt und das erste Mal, in der ganzen Zeit, nach dem ganzen Geheule ging er mir … am Arsch vorbei.

„Ganz ehrlich? Ich hätte gedacht, wenn es mal so weit kommen sollte, flippe ich vollkommen aus."

„Du siehst mir aber nicht so aus, als würdest du jeden Moment alles kurz und klein schlagen!", ich drehte mich zu ihm um und sah ihm tief in die Augen.

„Das könnte vielleicht daran liegen, dass ich selber so glücklich bin!", ich gab ihm einen kleinen Kuss auf den Mund und er lächelte mich mit einem übergroßen Grinsen an.

„Frau Hennings, könnte das eventuell an mir liegen?"

„Herr Thielemann, das liegt *ausschließlich* an Ihnen!", er drückte mich auf die Matratze und küsste mich wild und fordernd. Seine Zunge erkundete meinen Mund und ich konnte schon seine Erektion an meiner Mitte spüren. Da wir es uns angewöhnt hatten, nackt zu schlafen, war das mit dem Morgensex immer sehr einfach. Er versenkte sich mit einem Stoß in mir und wir stöhnten beide auf. Seine Größe dehnte mich so stark, dass ich jedes Mal dachte, es würde mich zerreißen. Ich liebte dieses Gefühl. Er fing an seine Hüften zu bewegen, langsam und zärtlich, bearbeitete in der Zeit meine Nippel mit seiner Zunge.

„Bitte ... ich brauche mehr!"

„Das sollst du bekommen ...", er stieß tiefer und fester zu, nahm jetzt nicht mehr seine Zunge um meine Knospen zu verwöhnen, sondern seine Zähne. Ich schrie vor Erregung und Schmerz, er fand immer die perfekte Mischung, die mich um den Verstand brachte.

„Komm für mich, Prinzessin, komm für deinen Prinzen!", mehr brauchte ich nicht, um zu explodieren. Mein Körper verkrampfte, zitterte und erschauderte unter ihm. Auch er brach nach wenigen Stößen über mir zusammen und wir lagen schwer atmend da. Egal, ob wir nur zehn Minuten oder stundenlangen Sex hatten, es war immer berauschend und erfüllend. Die Verbindung zwischen uns war so stark, dass wir uns jeden Wunsch von den Augen ablesen konnten. Wir wussten immer, was der Andere gerade brauchte oder dachte.

„Hab ich dir heute eigentlich schon gesagt, wie sehr ich dich begehre?", noch vollkommen außer Atem richtete er sich auf und sah mir in die Augen.

„Nein, aber das hast du grade ziemlich gut gezeigt!"

„Würdest du mir einen Gefallen tun?"

„Jeden … okay … *fast* jeden!"

„In zwei Wochen gibt ein sehr guter Kunde und langjähriger Freund unserer Familie eine Gala und meine ganze Familie ist eingeladen. Würdest du mich begleiten?"

„Wenn du mich als deine Begleitung haben möchtest, gerne!"

„Ich möchte dich nicht nur als meine Begleitung dabeihaben, ich möchte dich an dem Abend offiziell als meine Lebensgefährtin vorstellen. Natürlich nur, wenn du damit einverstanden bist."

„Ehm … bist du dir sicher, dass du das willst?"

„Gar keine Frage, natürlich will ich das! Prinzessin, ich liebe dich … ich liebe dich mehr als mein eigenes Leben. Meine Eltern lieben dich. Mein Bruder, meine Schwägerin und vor allem meine Nichte lieben dich. Auch wenn wir erst seit 3 Wochen zusammen sind, ich weiß schon seit Monaten, dass du *die eine* bist und wenn ich dürfte, ich würde dich jetzt auf der Stelle heiraten!"

„Ich weiß und ich liebe dich dafür, dass du es akzeptierst, dass ich noch warten möchte. Und ja, ich werde offiziell als Lebensgefährtin an deiner Seite stehen!", seine Augen und sein Lächeln wurden größer.

„Du machst mich grade zum glücklichsten Mann auf

dieser verdammten Welt und ich werde dich jetzt zur glücklichsten Frau machen!", sein Lächeln wurde jetzt zu einem verführerischen, arroganten Grinsen und er verschwand mit dem Kopf unter der Decke.

„Ich bin so unglaublich aufgeregt!", Helena stand neben mir und sprang von einem auf das andere Bein.

„Und ich erst! Ich war noch nie bei einer Anprobe, geschweige denn überhaupt mal in einem so teuren Laden." Julian und seine Familie werden für solche Galas, auf denen auch die Presse zu Besuch ist, von einem bekannten Designer angekleidet und für mich wurden drei Kleider hinterlegt. Vor vier Tagen hat er mir die Überraschung mit dem Mädelstag gemacht. Wir waren schon bei der Maniküre, Pediküre, wurden massiert, beim Friseur geföhnt und geschminkt. Wir genossen jede Minute, als wäre es unsere Letzte.

„Lass uns bitte endlich reingehen, ich halte die Spannung nicht mehr aus! Hat er die Kleider schon gesehen?"

„Nein, sie wurden von dem Designer passend zu seinem Smoking ausgewählt. Außerdem will er sich überraschen lassen."

Ich öffnete die Tür und sofort kam ein etwas in die Jahre gekommenes Supermodel auf mich zu.

„Hallo, Sie müssen Frau Hennings sein, sie passen genau auf Herr Thielemanns Beschreibung!"

„Ja, die bin ich."

„Darf ich ihnen die Jacken abnehmen?", sie nahm unsere Jacken und stellte sich uns als Frau Engelhard vor. Sie führte uns in einen Raum, der nur aus zwei Sesseln, einer kleinen Empore und einem riesigen Spiegel bestand.

„Möchten Sie vielleicht ein Gläschen Sekt? Oder

vielleicht Champagner?"

„Sekt wäre toll, danke!", schon verschwand sie, und als sich unsere Blicke trafen, fingen wir lauthals an zu lachen.

„Fühlst du dich auch vollkommen fehl am Platz?"

„Ja und wie! Aber da wirst du dich jetzt wohl dran gewöhnen müssen, mit einem so erfolgreichen Freund."

„Da werde ich mich nie dran gewöhnen. Da sind mir unsere stundenlangen Schnäppchenkäufe mit unfreundlichen Verkäuferinnen lieber!"

„Genieße einfach den Moment, deinen ganz persönlichen Pretty-Woman-Moment!"

„Bezeichnest du mich grade als Nutte?", und schon wieder überkam uns ein Lachanfall.

„So meine Damen, hier haben wir Ihren Sekt und wenn ich Sie, Frau Hennings, nach dem Anstoßen bitten dürfte, mir zu folgen?"

„Natürlich", ich trank einen Schluck, natürlich, nachdem wir kichernd angestoßen haben, stand auf und ging ihr hinterher.

„Hier haben wir das erste Kleid, es ist aus der Kollektion von letztem Jahr und kostet 2.600,00 Euro, dazu passende Ohrringe, Collier und ein Armreif. Der Schmuck passt zu jedem Kleid und wurde von Herr Thielemann persönlich ausgesucht und gekauft, er gehört also schon Ihnen."

Okay, ich stand kurz vorm Nervenzusammenbruch. Das Kleid war wunderschön, ein Traum aus Seide. Smaragdgrün, trägerlos, am Bauch leicht gerafft und durch einen Reifrock unten sehr breit. Sie bat mich, bis auf meinen Slip alles auszuziehen. Da ich keine Probleme mit meinem Körper habe und stolz auf meine Kurven bin, war das ein leichtes. Sie half mir in das Kleid und schnürte mich ein. Wir gingen in den Raum von vorhin und Helena sprang auf.

„OH. MEIN. GOTT! Das Kleid ist der Hammer!"

Ich stellte mich auf die kleine Empore und betrachtete mich im Spiegel, es war wirklich wunderschön. Der Ausschnitt schmeichelte meinen Brüsten, an der Taille, die bei mir sehr schlank war, saß es eng und lief nach unten sanft, aber breit aus. Der Schmuck war zu schön, um wahr zu sein. Frau Engelhard erklärte uns noch die Vorteile des Kleides, ich machte einen Sitz- und Tanztest und trank mein Glas leer.

„Wie wäre es, wenn wir jetzt das zweite Kleid anprobieren? Bei Ihnen wird die Auswahl sicherlich schwer, Sie haben eine perfekte Figur."

„Danke, ich würde gerne ein weiteres anprobieren, obwohl ich mich in diesem schon sehr wohl fühle."

Wir gingen zurück in die Umkleidekabine, die ungefähr so groß war, wie mein Schlafzimmer. Sie brachte den smaragdgrünen Traum weg und kam mit einem blutroten Kleid wieder.

„Dieses Kleid ist aus unserer diesjährigen Kollektion und kostet 1.950,00 €, ich bin mir leider mit der Farbe nicht ganz sicher, ob sie zu Ihnen passt. Aber probieren wir es einfach mal aus."

Diesmal konnte ich mich ohne Hilfe anziehen, nur den Reißverschluss am Rücken musste zugemacht werden. Das Kleid hatte kurze Ärmel, einen tiefen V-Ausschnitt und fiel locker und gerade an den Hüften entlang. Ein kleiner Gürtel mit Glitzersteinen betonte die Hüfte.

„Auch sehr schön, aber es kann dem ersten Kleid absolut nicht das Wasser reichen!", Helenas Meinung war mir sehr wichtig und im Spiegel betrachtet gefiel ich mir auch nicht so gut wie beim ersten Mal. Frau Engelhard bemerkte, dass es nicht das richtige Kleid ist, und half mir wieder von der Empore.

„Das dritte Kleid ist etwas ganz Besonderes, es ist ein Unikat. Unser Designer hat es ausgewählt, weil er denkt, dass es laut Herr Thielemanns Beschreibungen perfekt zu Ihnen passt. Er hat es vor gut einem Jahr entworfen und es hat noch niemand vor Ihnen gesehen oder gar getragen. Ich bin übrigens auch davon überzeugt, dass dieses Kleid wie für Sie geschaffen ist."

Sie ging kurz aus der Kabine und kam dann mit einem Glas Sekt wieder.

„Den werden Sie jetzt brauchen!", zwinkernd und lächelnd verschwand sie wieder und ich nahm einen großen Schluck. Und noch einen. Nach wenigen Minuten betrat sie die Kabine wieder und hatte ein schwarzes, mit Stickereien besetztes Stück Stoff auf dem Arm. Auch dieses Mal musste sie mir nicht helfen, es gab noch nicht mal einen Reißverschluss. Als ich es anhatte, wusste ich schon, dass das mein Kleid sein wird, auch wenn ich mich noch nicht gesehen hatte.

Ich betrat also den Raum mit dem großen Spiegel und Helena schlug ihre Hand vor den Mund. Sie fing an zu schluchzen und die erste Träne lief ihre Wange herab. Kaum auf der Empore sah ich auch schon, warum sie so reagiert. Das Kleid war perfekt.

„Linda … das ist … ich meine … du bist so wunderschön!"

Auch ich dachte in diesem Moment so, das Kleid war wie für mich geschaffen. Es hatte lange Ärmel, die mir genau bis zu den Handgelenken reichten, einen geraden Ausschnitt und war sonst hauteng. Der

Meerjungfrauenstil ließ es unten etwas breiter auslaufen und es hatte eine kleine Schleppe. Aber das Atemberaubende an diesem Kleid war die Rückseite. Mein kompletter Rücken war freigelegt, bis kurz über meinen Po.

„Das ist es, das ist *Ihr* Kleid. So ein Kleid kann man nur mit Kurven tragen und sie haben einfach die perfekten Proportionen. Wir müssen es nur ein ganzes Stück kürzen, aber das wird der Schönheit nichts tun. Ich hoffe, Sie entscheiden sich dafür, sie werden der Blickfang des Abends sein!"

„Ich habe mich schon entschieden, immerhin hat dieses Stück Stoff grade meine beste Freundin zum Heulen gebracht!", wir lachten alle drei und auch Frau Engelhard nahm sich ein Glas Sekt.

„Nur noch eine Frage, wie viel kostet dieses Kleid? Ich möchte nicht, dass Julian so viel Geld für mich ausgibt."

„Herr Thielemann sagte mir, dass Geld keine Rolle spielt und ihm sind die Preise der Kleider bekannt. Also machen Sie sich bitte keine Sorgen."

„Sie sagen uns den Preis also nicht?", Helena zog ihre Augenbraue hoch und schaute Frau Engelhard eindringlich an. Sie konnte Menschen mit ihren Blicken beeinflussen wie kein anderer.

„Es kostet 6.550,00 €, aber wie gesagt, Herr Thielemann ist sich darüber im Klaren, und wenn ich ihm zutrage, wie wundervoll Sie in diesem Kleid aussehen, wird er es Ihnen so oder so kaufen."

„Ich kann nicht glauben, dass ich das jetzt sage, aber … ja, ich nehme das Kleid!"

„Perfekt, die passenden Schuhe dazu haben Sie ja schon an. Dann nehmen wir noch Maß und Sie kommen bitte nächste Woche Donnerstag zur finalen

Anprobe."
 „Wird gemacht, vielen Dank für alles!", nachdem ich ausgemessen wurde und mich umgezogen hatte, gingen wir in die nächste Bar und bestellten zwei Tequila.

Kapitel 16
Julian

„Jetzt komm mal wieder runter. Wir freuen uns ja auch auf unsere Frauen, aber du tust ja fast so, als hättest du sie zwei Wochen nicht gesehen!", mein Bruder, mein Vater und ich standen in der Eingangshalle des Anwesens meiner Eltern und warteten auf unsere Damen, die sich gemeinsam im großen Bad umzogen und stylten. Linda ist in der letzten Woche das erste Mal hier gewesen und war etwas überfordert mit der Größe der Villa, trotzdem war sie begeistert.

„Ich freue mich schon seit Wochen auf diesen Augenblick, also halt dein Maul!", ich boxte meinem Bruder gegen die Schulter und er lachte mich aus.

„Pussy!"

„Arschloch!"

„Jungs! Schluss jetzt! Da kommt jemand!", mein Vater nickte in die Richtung, aus der unsere Frauen kommen sollten und meine kleine Nichte Isabella kam angelaufen. Sie hatte ein weißes Kleidchen an und sah mit ihren blonden Locken aus wie ein Engel. Zum Glück hatte sie sehr viel von ihrer Mutter.

Sie sprang meinem Bruder in die Arme und er wirbelte sie herum. Meine Mutter kam hinter ihr her und trug ein bodenlanges, rotes Kleid aus Seide.

„Schatz, du siehst großartig aus! Einfach wunderschön wie immer!", mein Vater küsste sie auf den Mund, Isabella stimmte ihm zu und mein Bruder und ich schauten uns angeekelt an.

„Danke, Liebling. Aber auf mich wird heute niemand

achten." Sie zwinkerte mich an, kam auf mich zu und gab mir einen Kuss auf die Wange.

„Du hast einen sehr guten Geschmack, mein Sohn. Pass gut auf sie auf, sie wird heute alle Blicke auf sich ziehen!", jetzt konnte ich es erst recht nicht mehr abwarten, zum Glück öffnete sich die Tür und Maria kam heraus. Sie hatte ein knielanges, weißes Kleid an, passend zu dem Kleid ihrer Tochter. Nun standen alle beisammen, mein Vater hatte meine Mutter in seinem Arm, Philip hatte Isabella auf dem Arm und küsste seine Frau, nur ich stand noch alleine. Zum Glück änderte sich das schnell, die Tür öffnete sich und heraus kam … die schönste Frau, die ich je gesehen habe. Meine Frau. Meine große Liebe. Das Kleid saß so eng wie eine zweite Haut und brachte ihre unglaublich schöne, weibliche Figur zum Vorschein, ihre Haare waren locker zurückgesteckt und sie war verführerisch, aber zart geschminkt. Sie bewegte sich mit Anmut auf mich zu und ich konnte die Feuchtigkeit in meinen Augen spüren. Thielemann, reiß dich zusammen! Du fängst jetzt nicht an zu heulen!

„Und? Gefällt dir, was du siehst?", sie drehte sich einmal im Kreis und ich konnte kaum glauben, was ich da sah. Ihr kompletter Rücken war nackt! Mein Mund klappte auf, meine Hände fingen an zu schwitzen und mein Schwanz zuckte wie wild in meiner Hose. Am liebsten hätte ich sie sofort hier über die Garderobe gelegt und bis zur Besinnungslosigkeit gefickt, wenigstens hatten sich durch den Gedanken meine Tränen wieder verdrückt.

„Sprachlos? Oder gefalle ich dir nicht?", sie stand genau vor mir und sah mich langsam sehr verzweifelt an.

„Was? Nein, du bist … du bist einfach so perfekt, so wunderschön … so … oh man, Linda! Ich werde heute Abend auf jeden Menschen neidisch sein, der dich anguckt!"

„Warum denn neidisch? Du kannst mich doch auch angucken."

„Aber ich sehe dich immer nur aus einem Blickwinkel, ich würde dich gerne jederzeit aus jedem Winkel betrachten können!", ich zog sie zu mir, legte eine Hand an ihre Wange und gab ihr einen Kuss, zärtlich, leidenschaftlich, voller Liebe.

„Also ich muss Julian zustimmen, du siehst atemberaubend aus", mein Vater nahm ihre Hand und gab ihr einen Kuss auf die Wange „und ich bin stolz, dich als meine hoffentlich baldige Schwiegertochter präsentieren zu dürfen!"

„Danke, das ist so nett von euch. Ich fühle mich auch sehr wohl. Du siehst übrigens auch wunderschön aus!", sie strich über meinen schwarzen Smoking und lehnte sich vor, war mit ihrem Mund genau an meinem Ohr und flüsterte „aber ich freue mich schon darauf, ihn dir heute Nacht auszuziehen!" Kaum hatte sie es ausgesprochen, fing mein Schwanz wieder an zu zucken. Diese Frau machte mich verrückt. Wir gingen zu den Autos und fuhren zu dem Anwesen der von Bergens. Schon seit ich denken kann waren mein Vater und Karl-Heinz von Bergen Freunde, sie lernten sich damals beim Studium kennen. Er ist für mich sowas wie ein Onkel.

„Ich bin so nervös, ich habe Angst das deine Leute mich nicht mögen!", sie griff nach meiner Hand, die wie immer auf ihrem Knie lag.

„Jeder wird dich lieben! Du bist höflich, eine Augenweide, besitzt bessere Manieren als ich und bist mit deiner ganzen Art einfach bezaubernd."

„Aber was ist, wenn sie alles denken, dass ich nur wegen deines Geldes mit dir zusammen bin?"

„Warum sollte das jemand denken? Ich hatte noch nie eine feste Freundin, habe noch nie eine Frau mit auf solche Veranstaltungen genommen. Außerdem wird jeder, der uns ansieht, merken, wie sehr wir uns lieben. Du bist *die Eine* und das soll ruhig jeder wissen!"

„Ich liebe dich, und weil du immer so liebe Worte für mich findest, werde ich dir jetzt ein Geheimnis verraten", sie drehte sich in meine Richtung und sah mich verführerisch an „unter diesem Kleid bin ich vollkommen nackt, kein Slip, kein BH."

Ich sah sie unglaubwürdig an und musste schlucken.

„Wenn das wahr ist, werde ich es nicht bis heute Nacht aushalten können."

„Das war der Plan", sie zwinkerte mir zu und schaute wieder Richtung Straße. Mein Schwanz war mittlerweile so hart, das es schmerzte. Wenn wir nicht in einer Kolonne unterwegs wären, hätte ich schon längst angehalten und sie über die Motorhaube gelegt.

„Sabine, Richard, schön das ihr hier seid!", Karl-Heinz und seine Frau kamen auf meine Eltern zu und begrüßten sie herzlich. Er wendete sich auch an meinen Bruder und seine Frau, gab Isabella einen Lutscher, die diesen freudestrahlend ihren Eltern zeigte. Als er sich zu uns drehte, lächelte er mich freundlich an und blieb dann förmlich an Linda kleben. Er konnte seine Augen nicht von ihr nehmen, was ich ihm nicht verübeln konnte, sie war einfach viel zu schön.

„Julian, du in Begleitung? Und mit was für einer!",

er stellte sich ihr vor und gab ihr je rechts und links einen Kuss auf die Wange. Nachdem sie sich auch, zuckersüß wie sie ist, vorgestellt hatte, gab ich ihm die Hand.

„Sie ist nicht nur seine Begleitung, sondern seine Lebensgefährtin und meine baldige Schwiegertochter!", stolz stand mein Vater neben ihr und zog sie von meinem in seinen Arm. Als würde ich mir das gefallen lassen.

„Vater, wie du schon sagtest, sie ist *meine* Lebensgefährtin!", ich zog sie wieder zurück in meinen Arm und wir fingen alle an zu lachen. Die von Bergens wünschten uns viel Spaß und wir gingen zur großen Tür, die in den Saal führte.

„Hat dein Vater grade wirklich mit mir angegeben?", schmunzelnd flüsterte sie mir ins Ohr.

„Tja, er wollte sich halt auch mal mit der hübschesten Frau des Abends schmücken."

„Schleimer!"

„Ich sage nur die Wahrheit!"

Wir betraten den Saal und ich konnte direkt die neidischen Blicke der Frauen und die lüsternen Blicke der anderen Männer spüren. Um deutlich zu machen, dass diese Frau *meine* ist, verstärkte ich den Griff um ihre Hüfte und gab ihr einen Kuss auf den Scheitel. Wir wurden von vielen Leuten begrüßt und ich stellte jedem, natürlich stolz wie Bolle, meine Linda vor. Sie zeigte allen ihre guten Manieren und ihre zauberhafte Persönlichkeit, jeder war begeistert von ihr. Man konnte ihr nicht anmerken, dass sie sich das erste Mal unter der >gehobenen Gesellschaft< befand.

„Ich bin so stolz auf dich, du machst das alles perfekt!"

„Ich fühle mich auch sehr wohl, ich hätte zwar nie

damit gerechnet, aber ...", sie verstummte und ihr ganzer Körper versteifte sich.

„Baby? Ist alles Okay?", ich stellte mich vor sie, nahm ihr Gesicht in meine Hände und sah ihr eindringlich in die Augen.

„Mein Ex ... er ist ... er ist hier!"

„Das Arschloch? Wo ist er?"

„Da hinten ... an der Bar ... mit seiner Neuen ...", ich sah mich im Saal um und an der Bar stand Mira, die Tochter von Karl-Heinz von Bergen, mit ihrem Macker.

„Der geldgeile Stricher von Mira ist dein Ex?"

„Du kennst sie?"

„Ja, schon mein Leben lang, sie ist die Tochter von Karl-Heinz von Bergen, dem Gastgeber."

„Sag mir bitte nicht, dass du schon mal was mit ihr hattest!", mit Tränen in den Augen sah sie mich an. Ihr ging die ganze Sache mit ihrem Ex noch so nah, er muss sie wirklich verletzt haben.

„Nein, oh Gott, nein! Sie hat es zwar schon mehrmals versucht, aber sie ist absolut nicht mein Typ!", ich gab ihr einen Kuss auf ihre Stirn und zog sie in eine sanfte Umarmung. Ich schlug ihr auch vor nach Hause zu fahren, aber sie wollte mir und meiner Familie den Abend nicht verderben.

„Wie hast du ihn eben genannt? Einen geldgeilen Stricher?"

„Ja, genau das ist er auch. Schon von der ersten Minute an, war uns allen klar, dass er nur hinter ihrem Geld her ist. Er führte sich auf wie ein Hampelmann, wollte direkt bei den ganz Großen mitspielen. Philip macht sich jedes Mal einen Spaß daraus, ihn zu verarschen!", langsam kam ihr wunderschönes Lächeln zurück.

„Ist alles Okay bei euch?", Maria stand neben uns und machte sich sichtlich Sorgen um Linda.

„Ja, es geht wieder. Ich war nur kurzzeitig etwas geschockt."

Auch Philip und Isabella standen mittlerweile neben uns.

„Ihr werdet es vielleicht nicht glauben, aber der Freund von Mira ist ihr Ex. Er hat Linda für Mira verlassen."

„Siehst du! Das bestätigt nur, was wir alle eh schon wussten. Er ist nur hinter ihrem Geld her. Immerhin hatte er einen Ferrari und hat ihn gegen ein Mofa eingetauscht, dass macht doch kein normaler Mensch. Und er bleibt bestimmt nicht wegen ihrer tollen Charakterzüge bei ihr, sie ist nämlich von innen noch hässlicher als von außen." Philip war kaum noch zu stoppen und Lindas Stimmung wurde immer besser.

„Haben sie euch schon gesehen?"

„Nein, ich glaube nicht. Was hast du vor, Lieblingsbruder?", mit einem schelmischen Lächeln sah er zwischen uns beiden hin und her.

„Lasst uns ein bisschen Spaß haben!"

Kapitel 17
Linda

Als Philip uns bei einem Glas Scotch seinen Plan erklärte, konnte ich mich vor Lachen kaum noch halten. Auch Maria und Julian waren sichtlich belustigt, Isabella wurde bei ihren Großeltern geparkt.

„Oh mein Gott, ich habe *das Böse* geheiratet!", Maria fing lauthals an zu Lachen und Philip gab ihr einen Kuss auf den Scheitel.

„Das ist jedenfalls die beste Möglichkeit ihn ein bisschen bloßzustellen. Seid ihr dabei?"

„Ich mache mit, konnte ihn eh von Anfang an nicht leiden." Philip gab Maria ein High Five und schaute dann fragend zu Julian.

„Einerseits ja, immerhin hat er die Liebe meines Lebens verletzt, aber andererseits, wenn er sich nicht von dir getrennt hätte, wären wir nie zusammengekommen. Eigentlich sollte ich ihm dafür danken!"

„Das kannst du im Nachhinein auch gerne tun, bist du dabei?"

„Ja, ich bin dabei!"

„Gut, Linda? Du entscheidest!", alle drei sahen mich eindringlich an und ich hatte gar keine andere Wahl, als zuzustimmen.

„So, meine Lieben! Der Abend fängt grade an lustig zu werden!", wir mussten alle über Philips Spruch lachen und er drang uns zum Anstoßen.

„Auf Linda und Julian, deren Beziehung sich hoffentlich durch die gemeinsamen Intrigen gegen ihren Ex und der Schlampe noch vertiefen wird!", lachend stoßen wir an und Maria packte sich an den Kopf und murmelte so etwas wie >er ist wahrlich *das Böse*<.

Kurz, nachdem ich Helena angerufen hatte, ich musste mir bei ihr eine Portion Mut abholen, konnte es auch schon losgehen. Ich ging zur Bar und stellte mich genau neben Mira, sodass Marius mich sehen musste. Als sein Blick zu mir schweifte, verschluckte er sich an seinem Getränk und fing wie wild an zu husten.
„Liebling, was hast du? Ist alles Okay?", Mira tätschelte seinen Rücken und schien sich ernsthafte Sorgen um ihn zu machen. Sie musste ihn wirklich lieben.
„Ja, geht schon wieder. Ich … ehm … gehe mich nur kurz frisch machen. Geh doch bitte schon mal zum Buffet, ich komme gleich nach."
Er schob sie in die Richtung des Buffets und zischte mir im Vorbeigehen zu, dass ich mit ihm kommen sollte. Ich ging also hinter ihm her und er blieb erst vor der Eingangstür bei der Garderobe stehen. Perfekt. Denn genau dahinter konnten sich meine drei Komplizen verstecken, die uns natürlich auch gefolgt waren.
„Was tust *du* denn hier? Was willst du?", er schaute mich hart an. Seltsamerweise ließ mich das wirklich kalt.
„Ich will überhaupt nichts! Aber ich muss dich enttäuschen, ich werde mich in der nächsten Zeit öfters in diesen Kreisen bewegen."
„Wieso das denn? Das ist eine Veranstaltung für Vermögende, hier hast du nichts zu suchen!", er spuckte mir die Wörter fast entgegen.

„Ach, und was machst du dann hier? Ich bin, auch wenn es dich nichts mehr angeht, zu einer Menge Geld gekommen. So viel, dass der Veranstalter dieser Gala mich sogar als Klienten werben möchte."

Die Lüge ging mir leichter über die Lippen als gedacht, dass einzig schwierige an der Situation war es, nicht zu lachen. Ich hatte die Worte kaum ausgesprochen, schon wurden seine Gesichtszüge weicher und er sprach in einem ruhigeren Ton weiter.

„Oh, das freut mich für dich. Du siehst übrigens wunderschön aus, du warst schon immer die schönste Frau für mich."

Er schaute beschämt nach unten, jetzt hatten wir ihn genau da, wo wir ihn haben wollten.

„Und trotzdem hast du mich für Mira verlassen. Für mich gab es immer nur dich, auch in den letzten 2 Jahren …", ich fasste mir theatralisch seufzend an die Brust und schaute zu Boden, „… ich war ein Narr, dass ich so lange Zeit auf dich gewartet habe. Das weiß ich jetzt, wo du dich doch grade verlobt hast."

„Nein, so ist das doch nicht. Wir können doch noch mal von vorne beginnen. Ich habe nie aufgehört dich zu lieben, habe mich nur blenden lassen von dem ganzen Geld und der Welt der Reichen. Ich liebe sie noch nicht mal. Wenn du mir meine Fehler verzeihst, werde ich sofort wieder nach Hause kommen. Wir könnten das Leben führen, was wir uns immer gewünscht haben!", er nahm meine Hände und sah mir tief in die Augen. Ich musste mich beherrschen, ihm nicht vor die Füße zu kotzen. Wie konnte ich nur jahrelang nicht erkennen, was er für ein Arschloch ist. Er hatte es nicht anders verdient, also setzte ich zum Todesstoß an.

„Würdest du das denn auch zu mir sagen, wenn ich

nicht reich wäre?"

„Natürlich, ich war ein Idiot, dich gehen zu lassen war mein größter Fehler."

„Gut, denn ich bin gar nicht reich ...", sein Gesicht fiel mit einem Mal in sich zusammen, ein herrlicher Anblick, „... aber das ist ja auch egal, denn was wirklich zählt, ist Liebe, oder nicht?"

„Ist ... das jetzt dein ernst?"

„Ja, ich wollte nur wissen, ob du wirklich noch was für mich fühlst! Aber jetzt, wo du es zugegeben hast, können wir endlich da weitermachen, wo wir aufgehört haben!"

Er ließ meine Hände los und stolperte ein paar Schritte rückwärts.

„Ich muss wieder zu meiner Verlobten!"

„Also wird aus uns doch nichts mehr?", langsam fing ich an zu schmunzeln, ich durfte mir aber noch nichts anmerken lassen.

„Nein, und du verschwindest jetzt besser, sonst rufe ich das Sicherheitspersonal!"

„Bevor deine Verlobte rausfindet, was für ein Arschloch du bist? Und dein tolles Sicherheitspersonal wird dir auch nicht helfen können, da ich eine Einladung habe!"

„Wie kommst du denn bitte an eine Einladung? Dass ich nicht lache!", er fühlte sich unglaublich sicher in seiner Position und ich spürte durch das altbekannte Kribbeln im Nacken, das Hilfe naht.

„Durch mich kommt sie an eine Einladung. Wenn ich mich kurz vorstellen darf, Julian Thielemann mein Name, wir haben uns schon öfters auf solchen Veranstaltungen gesehen."

Julian reichte ihm die Hand und Marius stand mit offenem Mund vor uns. Man konnte ihm ansehen, dass er mit der ganzen Situation vollkommen überfordert war.

„Und da ich jetzt auch weiß, wer du wirklich bist, muss ich mich bei dir bedanken. Danke, dass du so selten dämlich warst und dich von dieser anbetungswürdigen Frau getrennt hast. Du kannst jetzt zu deiner schrecklichen Verlobten zurücklaufen und bei diesem kalten Herz Trost suchen, ich werde in der Zwischenzeit meine wundervolle Lebensgefährtin in irgendeinem Zimmer vernaschen. Aber ich sage dir eins, Geld alleine macht nicht glücklich, und wenn du das gemerkt hast, wird es für dich schon zu spät sein. Denn bis dahin wird Linda schon meine Frau sein und die Mutter unserer 17 Kinder."

Ich schaute mit aufgerissenen Augen zu ihm hoch und die Garderobe neben uns fing lauthals an zu lachen. Philip und Maria kamen zwischen den Jacken hervor und hörten gar nicht mehr auf zu kichern.

„Julian, ich habe dir schon mal gesagt, dass wir uns über Neffen und Nichten freuen, aber es müssen nicht gleich 17 sein!", Philip klopfte ihm auf die Schulter und auch ich musste mittlerweile lachen. Julian war einfach bezaubernd. Er hielt mich fest in seinem Arm und gab mir mehrere Küsse auf Scheitel und Stirn. Wir schauten uns tief in die Augen und waren kurz davor uns zu küssen, als uns Marius unterbrach.

„Willst du mich eigentlich verarschen? Was ist das da in deiner Hand?", er ging auf Philip los und der reagierte sofort und ging einen Schritt zur Seite.

„Na, was wohl. Das ist mein Handy, mit dem ich die komplette Unterhaltung gefilmt habe. Du solltest jetzt besser aufpassen, was du sagst oder tust, sonst wird das Video schneller veröffentlicht, als das du >Schmarotzer< sagen kannst!"

„Das werdet ihr noch bereuen!", ziemlich sauer stürmte Marius an uns allen vorbei und Philip wedelte mit seinem Handy hinter ihm her „das glaube ich nicht, denk an das Video, Wichser!"

Als er weg war, guckten wir uns alle an und fielen uns im nächsten Augenblick lachend in die Arme.

„Das war der absolute Hammer, was ist das nur für ein Arschloch! Geht's dir denn gut, Linda? Das war ja schon ganz schön hart." Maria legte ihren Arm um meine Schultern.

„Mir geht es blendend! Ich weiß nur nicht, wie mir nie auffallen konnte, dass er so ein Wichser ist. Ich denke, das war einfach die Routine!"

„Tja, Prinzessin ...", Julian zog mich in seinen Arm und küsste mich sanft auf den Mund, „... Routine gibt's jetzt nicht mehr in deinem Leben, und wenn doch, werde ich sie so schön wie nur möglich für dich gestalten!"

Epilog
Linda

„Können wir dann endlich los?", Julian stand genervt vor der Badezimmertür und klopfte nun schon zum dritten Mal. Okay, wir hätten schon vor 10 Minuten losfahren sollen, aber immerhin fuhren wir auf meine Geburtstagsparty, daher würde mir niemand die kleine Verspätung verübeln.

„Gib mir noch 2 Minuten! Warum bist du denn so nervös? Das bist du doch sonst nicht. Es ist nur eine Party!"

„Nein, es ist nicht nur eine Party! Alle werden schon da sein, meine Familie, deine Familie, unsere Freunde. Alle, außer dass >Geburtstagskind<!", ich hörte, wie er sich auf unser Bett fallen ließ. Schon kurz nach der Gala, vor ungefähr 7 Monaten, bin ich bei ihm eingezogen. Er hatte mich nicht lange überreden müssen, da auch ich mir unserer Sache so sicher war. Ich liebte diesen Mann abgöttisch und er zeigte mir in jeder Minute, dass er dasselbe für mich empfand. Auch als er mich heute Morgen mit der Party überraschte. Da ich natürlich an meinem Geburtstag etwas Besonderes machen wollte, musste er mich darüber früh genug aufklären, weil ich den Abend sonst anders verplant hätte. Also hat er mir Frühstück ans Bett serviert, mich danach gleich zweimal in den Himmel und wieder zurückbefördert, denn der Sex war mit jedem Mal noch unglaublicher geworden, um mich dann mit einer Shoppingtour mit Helena zu überraschen. Sie war dafür zuständig, das perfekte Outfit für den Abend zu finden, was wir auch

nach nur zwei Stunden schon geschafft hatten. Also stand ich jetzt vor ihm, in einem kurzen, weißen Kleid mit langen Ärmeln und einem runden Ausschnitt, der meine Brüste perfekt in Szene setzte. Das Kleid war enganliegend und wurde an den Hüften etwas breiter, endete nur knapp unter meinem Po und ließ meine Beine ellenlang aussehen. Dazu trug ich schwarze Overknees, sodass nicht viel nackte Haut zu sehen war. Die Haare offen und etwas gelockt, verführerisch geschminkt und mit dem Schmuck bekleidet, den Julian mir für die Gala gekauft hatte, wusste ich, dass ihm die Augen ausfallen werden. Und genau das wollte ich. Ich öffnete also die Tür und stand direkt vor ihm, er lag auf dem Bett und hatte seine Hände über seine Augen gelegt.

„Ich wäre dann so weit, mein Prinz!", er legte seine Augen frei und setze sich auf. Sein Blick, angefangen bei meinen Füßen, glitt langsam weiter hoch und seine Augen, genau wie sein Mund öffneten sich immer mehr. Als er bei meinen Augen angekommen war, sprang er auf, legte seine Hände an meine Wangen und zog mich in einen langen, leidenschaftlichen Kuss. Immer fordernder ließ er seine Zunge in meinen Mund gleiten.

„Du siehst so unbeschreiblich *heiß* aus ... ich glaube, die Gäste werden es uns nicht übelnehmen, wenn wir noch weitere 20 Minuten zu spät kommen!", er fing an meinen Hals zu küssen, seine Hände glitten unter mein Kleid und umfassten kräftig meine Backen, wodurch ihm ein leises Knurren entfuhr. Er wusste ganz genau, dass ich ihm selten wiederstehen konnte, aber diesmal musste ich stark bleiben, immerhin hatte er die Party bei meinen Eltern organisiert. Er hatte sich so viel Mühe gegeben, die alte Scheune partytauglich zu machen und das auch bestens geschafft. Also schob ich ihn von mir und sah ihn tadelnd an.

„Du hast eben noch Druck gemacht, dass wir fahren müssen, jetzt bin ich so weit. Deine Belohnung …" ich zeigte an mir auf und ab „… darfst du dir heute Nacht abholen, wenn wir wieder zuhause sind!", er grinste mich über beide Ohren an und gab mir noch einen kräftigen Kuss.

„Na gut, Prinzessin. Schnapp dir deine Tasche und los geht's, die Kutsche habe ich bereits vorgefahren."

Er hielt sich eine Hand an die Brust und verbeugte sich tief, was mich auflachen ließ. Schon seit Monaten war ich seine Prinzessin und er mein Prinz, und wo es nur ging, bauten wir das auch in unseren Satzbau mit ein. Es ging sogar so weit, dass er uns gut einen Monat zuvor einen weißen Mustang gekauft hatte, in den wir jetzt auch einstiegen. Mein Prinz mit weißem Mustang. Auch wenn er mich noch nicht aus Dornen befreien musste, war unser Leben märchenhaft. Und ich konnte mir nichts Schöneres vorstellen, als jeden Morgen von ihm wachgeküsst zu werden.

Bei meinen Eltern angekommen, parkte Julian unsere heiße Kutsche, öffnete mir die Tür und hielt mir seine Hand hin, die ich liebend gerne annahm. Wir gingen zu unserer alten Scheune und schon von außen konnte man die Bässe der Musik hören. Als Julian das Tor öffnete, fingen viel mehr Personen als erwartet an zu jubeln. Alle waren da. Unsere kompletten Familien, inklusive Onkel, Tanten, Cousinen und Cousins, all unsere Freunde, Helenas Eltern und auch alle Nachbarn aus dem Dorf, in dem ich aufgewachsen bin. Es waren bestimmt gut 130

Leute und alle freuten sich über unser erscheinen. Zum Glück war die Scheune groß genug und gab sogar noch Platz für eine kleine Tanzfläche her. Nachdem mir alle gratuliert hatten, was gut eine halbe Stunde dauerte, machten wir uns über das Buffet her und genossen die ausgelassene Stimmung. Julians, Helenas und meine Eltern saßen zusammen an einem Tisch und lachten ausgiebig über einen Witz, den mein Vater erzählt hatte. Alle verstanden sich prächtig. Der Abend konnte kaum besser werden.

Die Party war mittlerweile im vollen Gange, der Großteil tanzte ausgelassen und alle hatten viel Spaß, bis die Musik stoppte und der DJ das Wort ergriff.

„Liebe Linda, noch mal herzlichen Glückwunsch zum Geburtstag und alles Gute. Ich darf nun alle bitten, sich in der Hofeinfahrt zu versammeln, damit Linda ihr wohl größtes Geschenk in Empfang nehmen darf!"

Schon machten sich alle auf den Weg und ich wurde mit einem Mal so nervös, dass meine Beine sich nur noch wie Gummi anfühlten. Was sollte jetzt noch kommen? Ich schaute mich um, suchte Julian, aber er war nicht zu sehen. Dabei brauchte ich ihn doch grade jetzt so sehr. Im nächsten Moment tauchte schon Helena neben mir auf, hakte sich bei mir unter und zog mich mit sich.

„Weißt du, wo Julian ist?"

„Keine Sorge, du siehst ihn ganz bald wieder!", Helena zog mich noch ein Stück und blieb dann mit mir am Ende der Hofeinfahrt stehen. Ich blickte um mich und alle Augenpaare waren auf mich gerichtet, wo war Julian?

„Maus, du musst jetzt ganz stark sein. Ich habe dich

unglaublich lieb und freue mich so sehr!", mit einem riesigen Lächeln auf dem Gesicht und Tränen in den Augen drehte sie mich um und ich traute meinen Augen kaum. Julian kniete vor mir und hatte eine kleine Schachtel in der Hand, in der sich der wohl schönste Ring der Welt befand. Sofort, ohne das er auch nur einen Ton gesagt hatte, schossen mir die Tränen in die Augen und ich schluchzte laut auf. Er nahm mit der anderen Hand, die meine und auch seine Augen glitzerten verräterisch.

„Linda, du weißt, dass ich dich das am liebsten schon an unserem ersten Tag gefragt hätte und ich habe mich jetzt Monate lang zurückhalten können, aber ich kann einfach nicht mehr warten. Es gibt nichts auf der Welt, was ich lieber möchte, als dich meine Frau nennen zu dürfen. Also Frage ich dich hiermit, willst du mich heiraten?", nun wurde seine Stimme brüchig und ihm lief eine Träne die Wange hinab, auf seinem Gesicht lag ein warmes, aber nervöses Lächeln. Mein Herz pochte wie wild und ich konnte meine Beine nun gar nicht mehr fühlen. Meine Hand in seiner begann zu zittern, als ich ihm tief in die Augen blickte, er war die Liebe meines Lebens und ich konnte mir nichts Schöneres vorstellen, als dieses mit ihm an meiner Seite zu verbringen.

„Ja, natürlich will ich das!", ich fiel ihm in die Arme und er erhob sich zusammen mit mir, um mich wie wild herumzuwirbeln. Die Jubelrufe der anderen bekam ich nur am Rande mit, alles, was für mich zählte, war er. Als er mich wieder auf dem Boden absetzte, nahm er den Ring aus der Schachtel und steckte ihn mir an, was wir mit einem sanften und innigen Kuss besiegelten.

„Ich liebe dich, meine Prinzessin!"

„Und ich liebe dich, mein Prinz!"

In diesem, *unserem* ganz besonderen Moment, hoben die ersten Raketen ab und färbten den Himmel in den schönsten Farben.

Danksagung

Da nur sehr wenige Menschen wissen, dass ich überhaupt angefangen habe zu schreiben, gibt es hier gar nicht so viel zu sagen.
Ich danke meiner besten Freundin, die immer für mich da ist und mir bei so einiger Blockade geholfen hat. Vielen Dank für deine erste Reaktion auf das Buch, die mir so viel Mut gemacht hat.
Auch danke ich meinem Mann, der so einiges mit mir mitmachen muss. Ich liebe dich.

Über die Autorin

Eni Lu wurde 1989 in einer kleinen Stadt geboren und wuchs in einem noch kleineren Dorf auf. Sie liebt das Lesen, das Schreiben und das Träumen. Des Weiteren geht sie gerne Campen, unternimmt viel mit ihrem Mann und ihrer Mutter, liebt ihren kleinen Hund und tanzt jeden Tag auf der Hintergrundmusik ihres Lebens durch die Welt.

One-Way-Ticket
Solange du neben mir liegst

Als die 18-jährige Studentin Anna nach New York fliegt, freut sie sich auf drei ereignisreiche Wochen mit ihrer besten Freundin Samy, die seit mehreren Monaten dort wohnt. Sie lernt nicht nur ihre Tante und ihren Freund, sondern auch den eigenartigen und verschlossenen Aiden kennen, der weder fremde Menschen anschauen, noch mit ihnen sprechen kann … bis er Anna begegnet.

Erscheinungsdatum: Februar 2017